# まがいもの令嬢から愛され薬師になりました

佐槻奏多
KANATA SATSUKI

一迅社文庫アイリス

CONTENTS

## レイヴァルト

セーデルフェルト王国の第一王子。複雑な生い立ちのせいか、自身が治める領の民に同情を寄せられている青年。マリアの薬の匂いに惹かれたり、異様に幻獣に避けられたりと不審なところがあり……。

## ラエル

レイヴァルト付きの騎士。
弓を扱うことに長けている青年。
潔癖症だというが……。

## イグナーツ

レイヴァルト付きの騎士。
剣を扱うことに長けている青年。
何かと助けてくれるが……。

## 用語説明

| | |
|---|---|
| 幻獣 | 世界の不思議を集めたような存在。動物のような姿をしているが、風雪を吐き出したり、炎を発生させたり、雷を導いたりできる。鉄の剣では太刀打ちできない存在で、ガラスの森に生息しているとされている。 |
| ガラスの森 | ガラスの木が林立する不思議な森。<br>ガラスの材料を人にもたらしてくれる一方で、奥深くに踏み込むとガラスになると言われる森。 |
| リエンダール領 | アルテアン公国にある領地。<br>目立った特産品がなく、貧乏な土地。 |
| セーデルフェルト王国 | アルテアン公国の隣国。<br>ガラスの森を挟んで反対側にある大国。 |
| キーレンツ辺境伯領 | ガラスの森近くにある城下町。<br>最近、ハムスターの幻獣が数多く出没している。 |
| 杯《カリス》 | 薬師が使う特別なガラスの杯。<br>薬を調合したり、精製するのに欠かせないもの。 |
| 薬師 | 杯《カリス》と薬草の扱いを習熟しなければ、名乗ることができない職業。<br>薬師が調合した薬には、特別な効能が宿っている。 |

まがいもの令嬢から愛され薬師になりました
Job-Changing! Pritender Lady Lovely Dr.
人物紹介
Character
マリア
伯爵家の養女。
今は亡き実母が薬師だったことから、
薬師としての知識を持っている。
夢は、薬師として店を持つこと。
公子の婚約から逃げるため、修道院に
逃げ込むことを選んだが……。

イラストレーション◆笹原亜美

# まがいもの令嬢から愛され薬師になりました

Ich-Changing! Pritender Lady → Lovely Dr...

# 一章　引越しの計画は変更がつきものです

鞄《かばん》の中には、衣類と一緒に養父の形見を一つ。

あとは自分が作った薬をいくつか詰めた。

鞄を持ったマリアは、黒いドレスを着て、小鹿色《こじかいろ》の髪に黒い帽子をかぶっていた。

背後には、これから乗る予定の馬車が待っている。

「今までお世話になりました、叔父《おじ》様、伯母《おば》様。まがいものの令嬢だった私を、お養父《とう》様が亡くなった後も、ずっと大事にしていただいて、感謝しております」

マリアの言葉に、朽葉色《くちばいろ》の瞳を潤《うる》ませた伯母は諦《あきら》めたように微笑《ほほえ》む。

そのしわが刻まれ始めた口元は、養父そっくりだ。

「もしヨーンが生きていたら、あなたを修道院になど行かせなかったでしょうに……」

「そうだな。公子からの婚約の話も、きっとどうにかして断れたんだろうが」

まだ四十代なのに白髪の多くなった叔父が、肩を落とす。

叔父の言葉に、マリアは思わず養父ヨーンとの思い出を脳裏に浮かべた。

十歳で薬師だった母を亡くしたマリア。そんな自分を拾ってくれたのは、リエンダール伯爵領の前領主である養父だった。

きっかけは、マリアが馬の病気の薬を作れること。

だけど子供なので薬を売ることができないと話したら、専属の薬師のつもりで養女にならないかと誘われたのだ。おかげで何不自由なく暮らすことができた。

しかし養父が病で亡くなり……。

(あれからもう、三ヵ月経《た》ったのね)

思い出を振り切るように青緑の瞳を閉じた。上半分だけを結い、薄青の布花を飾った黒い帽子に包まれた、マリアの小鹿色の髪が風に揺れる。

マリアの養父は、かかれば死んでしまうと言われる病気——黒熱病で亡くなった。

高熱を出し、指先から黒ずんでいく恐ろしい病だ。

マリアは亡き母から教えられた薬師としての知識を使い、必死で養父の看病をした。

でも養父は命を落とし——その数日後、マリアは病を治す薬を完成させたのだ。

領地では、養父の他にも何人かが黒熱病にかかっていた。

彼らに薬を作り、回復を喜び、養父の葬儀を出した後で、問題が起きた。

——黒熱病の薬を作った薬師がリエンダール伯爵領にいるらしい。

この噂《うわさ》まではまだよかった。マリアが薬を作ったことは広まらなかった。そのことにほっとしていたぐらいだ。

でも、マリアのことまで噂されてしまったのだ。

――リエンダール伯爵令嬢マリアは父を亡くしながらも、薬師を援助し、献身的に領民を看病したけなげな令嬢だ。

この噂のせいで、アルテアン公国の第五公子から婚約の打診が来た。

最近、政策が上手《うま》くいかなかったり、紛争で負けたりと失敗が続いた公家は、印象を良くする方法を探していたのだろう。

マリアの名前は、利用するには打ってつけだったはず。

ただし問題がある。

マリアは伯爵家の血を引いていない。分家から迎えたと嘘《うそ》をついて養女にしてもらったが、一滴だって伯爵家の血は流れてないのだ。

バレたら、叔父達は偽証をしたことで領地を取り上げられてしまう。

だからマリアは病にかかって死んだことにして、修道院へ逃げ込むと決めたのだ。

そうして今、出発しようとしている。

「心配なさらないでください。私はずっと、薬師の店を開くことが望みでした。でもこのような状況では、お店なんてできませんが……代わりに修道院なら薬師として堂々と働けるんです」

修道院はどこも薬草園を持ち、薬師を置いて周辺地域の病人を診《み》ている。薬師の知識があるマリアなら、そう邪険《じゃけん》にはされないだろう。

「あなた、見た目はか弱そうなのに、かなりの頑固者《がんこもの》だものね……」

苦笑いをしながら伯母はハンカチを目に当てた。

「そんなあなたが、一度決めたら気を変えるわけがなかったわ。それにヨーンも、うちの娘は令嬢薬師だなんて自慢していたわ……。でもせめて、折々に手紙をちょうだい。必要なものがあれば送るから、知らせるのよ？」

「はい伯母様、叔父様。では、出発します」

マリアは乗り込んだ。

走り出した馬車を、伯母と叔父は姿が見えなくなるまで見送ってくれていた。

馬車は一路北にある修道院へ向かう。

伯爵令嬢ではなくなったマリアは、伯母が知人から引き取った養女として、修道院に入ることになっている。

出自は疑われないだろう。

貴族の養女が修道院へ行くことはままあるものだ。

結婚させようとしていた相手が亡くなったとか、家が没落しかけて持参金が出せなくなったうえ、家に置いておくわけにはいかなくなったとか……。

「でも私にとっては、そう悪い選択ではないのよ」

元は平民だったから、修道院で行う農作業や炊事洗濯の労働は大丈夫だ。リエンダール領は裕福ではない土地だったので、マリアも令嬢ながらに家の掃除などにも手を出していたため、慣れがある。

そのうちに修道院に馴染《なじ》み、いつかは一番の薬師の座につくのが目標だ。

第一人者になれば、周囲の村や町にも薬を売ることができる。良い薬を売れば、修道院があるリエンダール領にも貢献でき、叔父や伯母にも恩を返せるのだ。

そんなことを考えているうちに、馬車は樹が林立する中を進み始める。

窓からその様子を見ていたマリアだったが。

――急に世界が真っ白になった。

「え、霧《きり》？」

じわっと湿気を頬《ほお》に感じるから、霧に違いない。

どこからか入り込んだ白い霧が馬車の中を満たしていき、あっという間に、馬車の内装が見えにくくなってしまった。

「お嬢様、大丈夫ですか!?」

「私は平気です。ブルーノさん、これは何ですか？」

伯爵家で長年御者をしているブルーノの声に、混乱しかけたマリアは少し落ち着く。

「ガラスの森の側《そば》なので、幻獣のせいかもしれません」

「幻獣……」

はるか昔からいる、世界の不思議を集めたような存在だ。

動物のような姿なのに風雪を吐《は》き出し、炎を発生させ、雷を導く。鉄の剣や盾では太刀《たち》打《う》ちできないので、彼らがあらわれると、基本的には人間は逃げるしかない。

そんな幻獣達が集まってくるのが、ガラスの森だ。

ガラスの木が林立する不思議な森は、この世界にぽつぽつとあり、ガラスの材料を人にもたらしてくれる。

幻獣と戦える特別なガラスの剣も、森のガラスからしか作れない。

でも奥深くへ踏み込みすぎると、自分もガラスになってしまうらしいのだ。

とにかく逃げなくては。マリアはそう思うものの、霧が深すぎて馬車は前にも後ろにも進めない。

そんな中、ブルーノが「あ」と声を上げた。

「どうしました？」

「……ひぃっ！」

「ブルーノさん？　ブルーノさん！」

悲鳴が聞こえたきり、ブルーノはもう何も答えない。

このまま馬車の中にいてもだめだ、とマリアは思った。

「ブルーノさんだけでも守らなくては」

マリアは肩に斜めがけにした鞄に手を触れる。

中には獣を追い払える薬品がある。幻獣に効くかわからないが、試すしかない。そして安全を確保した上で、霧が晴れるのを待とうと決めた。

マリアはそっと馬車の外へ出た。

辺りをうかがうが、濃い霧と、土を踏み固めた道と脇《わき》に生えた草ぐらいしか見えない。

マリアは馬車に沿って、ゆっくりと前方に回る。馬がブルルと声を出していた。

「危険はもう去ったのかしら……？」

警戒している馬の声とは思えない。なら、もう大丈夫かもしれない。

そう考えつつも、一応足をしのばせてマリアは御者台へたどり着いた。

太鼓腹《たいこばら》のブルーノは、御者台でうつむいて眠っていた。その姿勢は、ブルーノ自身のお肉で喉《のど》が締めつけられて呼吸が心配だが、特に怪我《けが》もなかったのでマリアはほっとする。

「とにかく、起こしましょう」

そう思い、鞄から取り出した気つけ薬をかがせた時だった。

――ミツケタ！

そんな声が聞こえた気がして、はっと周囲を見回す。霧でなにもわからない。

だがドドドドドドドドドとおかしな地響きが聞こえる。

「鹿の大群……？」

怯《おび》えつつ、マリアは必死にブルーノを起こそうとした。

「ブルーノさん、早く起きてください！　とにかく馬車の中に隠れて……ひっ！」

周囲の霧が晴れ始めた。

するとマリアの手を伸ばせば触れそうな距離に、不可解な生き物がいるのが見えたのだ。

それはマリアの背丈を越える、大きなハムスターだ。

「ハム……スター？」

姿は確かにハムスターだ。ずんぐりむっくりした体型につぶらな瞳。小さな手足が愛らしい。温和な幻獣で、よく森の外に出没するのでマリアも一度だけ見たことがある。でも普通は、手の平に乗るぐらいの小ささなのに。

「大きすぎでは……？」

目の錯覚かと思い、マリアは気つけ薬を持っていない方の手で、自分の目をこする。瞬《まばた》きをする。

でもやっぱり巨大なハムスターがそこにいた。そして微笑んだ気がした。

怯えたマリアだったが、次の瞬間、薄茶色や黄金色、白の毛皮に突撃された。

「わぷ！」

毛が口に入った。でも痛くはない。

しかも、なぜかすりすりふわふわされて……。

「な、なに？　懐《なつ》かれてる⁉」

どういうことかわからない。呆然《ぼうぜん》としていたら、頬をマリアの頭にこすりつけていた一体の勢いが強くて、思わず転んだ。

背中はもふっとしたものに当たったので、これまた怪我はしなかった。

が、そのままもふっとした地面が移動を始める。

周囲が見えなくてもわかった。

ハムスターに担《かつ》ぎ上げられて、横にずさささと移動させられているのが。

晴れ始めた霧の中、ブルーノと馬車の姿が小さくなっていき。そしてすぐに木立にさえぎられ、見えなくなった。

「え、え、え!?」

マリアは戸惑《とまど》うばかりだ。

とにかく馬車から、ハムスターによってどこかへ運ばれているのだけは理解していた。

「どこへ行くの!?」

大きなハムスターの群れはものすごい速さで森の中へ突撃している。

脱出したいが、無理をすると転げ落ちる。そうなれば、木の枝や木の根の突起に体をぶつけて、骨折するだろう。

怪我は極力避けるべし。

怪我をしたら今後に響く。身動きが取れない上に、森から出る方向もわからなくなったら、かなり危険だ。森には幻獣だけではなく、狼《おおかみ》や熊もいるのだから。

「いつかはハムスター達も力尽きて止まるわよね？　それまで待ちましょう」

心を落ち着けようと考えを口に出したものの、すぐに他の不安が心の中に湧《わ》き上がる。

「はっ、でもどこかへ投げ出されたらどうしよう」

相手は謎の生物だ。

いつ『もう飽《あ》きたー』とばかりにマリアを放り出すかわからない。

不安になったその時――ふっと周囲の空気が変わった。

見れば辺りの光景が一変している。茶色のガサガサとした幹の木はどこにもない。

地面も、草も木も、滑らかな薄青のガラスに変わってしまっていた。

薄青く光が透《す》けるガラスの木は天へ伸び、触れれば固い音がしそうな硬質な枝葉を茂らせている。氷で作られたような葉の隙間《すきま》から見えるのは、薄曇りの空だ。

ガラスの葉そのものが光っているのか、空よりも森の中の方が明るい。

まるでおとぎ話の挿絵《さしえ》のようだ。

しかもここには、より高度な薬を作るために必要な物が沢山《たくさん》あるのだ――。

ぼんやりと数秒観察してしまったマリアは、それから危険さを思い出してぞっとする。

森の奥へうっかり踏み込んだら、ガラスにされてしまう。

「お願い降ろして！　できれば森の外へ帰して！」

叫んだが、ハムスター達は反応すらしない。

マリアは叫びながら身をよじった。

「降ろしてぇぇぇー！」

しかし何度叫んでも、ハムスター達の歩みは止まらない。

それどころかまっすぐに、塔のように太いガラスの大樹に激突しようとしている。

（お養父様、マリアは予定より早くそちらへ参ります……）

観念してそう祈っていたら。

「――止まれ」


誰かの声が聞こえた。

そのとたん、ハムスター達の行進が急停止した。

運ばれていたマリアは、今までの勢いのまま宙に放り出される。

「ひぃぃ！」

落下感に悲鳴を上げつつ、とにかく頭を守らなければ！　と思ったところで、誰かに抱き留められた。

衝撃はあっても、しっかりと力強い腕に支えられたおかげで、痛くはない。

そしてマリアを受け止めた人物は、なぜかマリアの頭の上に頬をくっつけているような……？

「ありがとうございます……」

反射的に礼を言うと、はっとしたように彼の顔が頭から離れたのを感じた。

見上げると、間近に少しうつむいた青年の顔が見える。

少し伸ばしすぎた感じの、灰がかった亜麻色《あまいろ》の髪は、淡い朝の光のようだ。次に、自分をじっと見つめる紫の瞳に視線が向く。その目が、マリアを見定めているように感じられた。

それからようやく、彼が白皙《はくせき》の美青年だということに気づく。

彼のように整った顔立ちの人を知らない。たとえるなら、美化して描かれた姿絵の人物が、そのまま飛び出してきたみたいだ。

それでいて、決して軽くはないはずのマリアを抱えられる肩幅や体の厚みがあった。日々筋力を鍛《きた》えている人なのだろう。

ただ顔色は良くない。……ガラスの青い光のせいだろうか。

「礼は必要ないよ」

応じた声は低すぎず、でも耳に優しい響きだ。

「でも怪我もなかったのは、あなた様のおかげですので」

そう言ってから、マリアは彼に頼んだ。

「すみません、あの、降ろしていただけますか？」

ずっと抱えていては重たいだろう。養父だって、父親らしいことをしたいと養女になったマリアをおんぶしていたが、間もなくぎっくり腰になって止《や》めたのだ。今のマリアは当時より重い。若いからといって、油断してはいけないと思う。

「ああ、そうだね」

ぎっくり腰の心配をされているなどと思ってもいない彼は、なぜか名残惜《なごりお》しそうにマリアを地面に立たせてくれた。

離れたことで、彼の様子がもっとよく見えるようになる。

彼は、マリアより年上だろう。

まとう衣服は上等なものだ。体に合うようにあつらえられた濃紺の上着には、銀糸や灰色の糸で複雑な刺繍《ししゅう》がほどこされている。同色のズボンもしっかりとした生地なのが見て取れた。腰に下げている剣も、鞘《さや》の細密な象嵌《ぞうがん》から相当高価なものだとわかる。

白のクラヴァットと髪の色に似た銀鼠色《ぎんねずいろ》のベストの上から身に着けた、金のメダイや宝石を連ねた頸飾勲章《けいしょくくんしょう》からは、彼が貴族階級の人間だろうことがうかがえる。

白い手袋を着けているのも、剣を握る関係だろう。リエンダール伯爵領にいた騎士も、剣から手が滑らないようにと手袋をはいていた。

(彼は間違いなく貴族だわ)

リエンダール伯爵家など目ではないぐらいの、大貴族。でなければ、宝石や金をふんだんに使う頸飾勲章など身に着けられない。

(でも……どうしてここに?)

ガラスの森の中で人と出会うわけがない。少し注意するべきだろう。助けてくれたので申し訳ないとは思うが。

マリアはじりじりと相手から距離を取ることにした。

その時背後で、カチ、カチ、と音がする。

目の前にいる青年に気を配りながら後ろを振り返り、息をのんだ。

そこには、体を黒い氷に半分覆《おお》われた狼がいた。

狼らしい鼻づらの長い顔の左側が凍りつき、体も背中が半分、後ろの左足もおおよそ黒い水を固めたような氷が貼りついていた。

その体毛は薄青で、体以上に細長い尻尾がある。

左足を引きずりつつ動く度《たび》に、体の氷がぶつかり合ってカチ、カチ、と音が鳴っている。

毛色といい、凍りついた状態でも動けることといい、普通の獣ではない。

「……幻獣」

思わずつぶやいてしまう。

最悪だ。ハムスターのようにおとなしそうな幻獣とは違う。

マリアは逃げようと考えて、なんとか足を動かそうとした。けれど震えて、上手く動かせない。

すると、何の前触れもなく狼が躍《おど》りかかってきた。

(避けられない！)

ただじっと迫る狼の顎《あご》を見つめるしかないマリアだったが、ふいに、黒いものに視界が覆われた。

次の瞬間、喉の奥から絞り出すようなうめき声と、重たいものがドンと地面に打ちつけられる音が続く。

視界をさえぎった黒いマントが、揺れて、そこから横に移動した。

その先に見えたのは、倒れたところから起き上がろうとする狼の姿。狼は先ほどとは違い、貼りついた氷の色が白く変わっている。理由はわからないが、幻獣のことなので推測できるわけがないと、マリアは結論づけた。

一方、黒いマントの持ち主は先ほどの青年だった。

狼はなぜか、マントの持ち主を警戒するように、それ以上距離を縮めることがなかった。うろうろと右往左往している。

(幻獣が避ける……嫌っている?)

そんな人物の話をどこかで聞いた気がする。何かが喉元まで上がってきているのに、あと一歩で思い出せない。

その時、狼の幻獣がなにを思ったのか、回り込んでマリアの方へ来ようとした。

「ひっ!」

悲鳴を上げたマリアだったが、幻獣は一定以上近づいては来なかった。

すぐに退いて離れてしまう。

でも幻獣に襲われる恐怖に、マリアは握りしめていた物を投げつけてしまった。

『グァッ』

頭にその物体がぶつかって、狼の幻獣がうめいた。

(怒らせたかも!?)

とっさの自分の行動のせいで、とんでもないことになったかも、と怯えたマリアだったが。

狼はぱっとその場から離れたかと思うと、急に反転し、落ちている茶色の小瓶《こびん》に寄って行く。

茶色の小瓶を鼻でつつこうとして……眉間《みけん》にも鼻づらにもしわを寄せて、ひどい表情をした。

臭かったらしい。

(気つけ薬が入ってた瓶だったから……)

酢とミントの精油などを、悪臭としか思えない状態になるよう混ぜ合わせたものだ。

なのに狼は、渋面《じゅうめん》になりながらも小瓶を一度前足で転がし、なめようとする。

舌先に気つけ薬がついた狼は、またしても渋面になり……なぜか、小瓶の上に寝っ転がって、すりすりと背中を地面にこすりつけ始めた。

「え……」

まるで匂いに酔っているような有様だ。

とにかく狼がマリアへの興味も関心も失っているのはいいことである。

一方、亜麻色の髪の青年は、じっと狼の様子を見守っていた。右手をさすりながら。

先ほど狼が突撃してきた時、マリアを守ろうとして怪我をしたのだろうか？　血が出ている様子もないし、表情から骨折などの重大な怪我をしているわけでもなさそうだけれど。

そういえば助けてもらったのに、先ほどのお礼を言っていないことにマリアは気づいた。

「あの、何度も助けていただいてありがとうございます」

言うと、彼がマリアを振り返った。

紫の瞳がマリアを射抜く。柔和《にゅうわ》そうな顔なのに、その視線が少し怖くて、思わずマリアは肩を縮こまらせた。

「怪我はないかい？」

しかし彼の口から出た言葉は、マリアを労《いた》わるものだった。

「はい、おかげさまで大丈夫です。ところであの狼は……幻獣、ですよね？」

自分よりずっと事情を知っているようだったので、マリアはたずねてみた。

すると紫の瞳を再び狼に向けた青年が答えてくれる。

「幻獣だね。死にかけの……」

案の定、幻獣だとは知っていたようだが、ひっかかる言葉が耳に残った。

「死にかけ？」

あの、またたびを見つけた猫のような仕草をしている狼が？

と思った時、ピシ！　と音がして、狼の後ろ足が二つとも凍りついていた。

動かなくなった足を見て、少し悲し気な顔をした狼は、なんとか体勢を替え、地面に落ちた小瓶をまたなめる。

この気つけ薬を飲めば、全て治るかのように。

見ていたマリアは悲しくなってきた。この狼はまもなく全身が凍りつき、動けなくなるのだろうと、マリアにも予想がついたからだ。

「治せないのかしら」

思わずそんな言葉が口をついて出てしまう。

薬がほしいのなら薬でどうにかなるのでは？　という考えが、マリアの頭の中に浮かんだのだ。幻獣に人の薬なんて効くはずもないのに。

そんなマリアに、亜麻色の髪の青年はたずねた。

「君は、他に薬を持っている？」

「はい」

「治る保証はないだろうけど……君の持っていた薬にあれだけ執心しているのだから、ほかの薬も与えれば、心穏やかに旅立てるかもしれない」

彼の意見に（そうかもしれない）と考えたマリアは、鞄の中から薬を取り出す。

薬効があるとは思えないけれど、心が穏やかになるような薬を選択した。

興奮している人をうたた寝に誘う薬……『春の陽射《ひざ》し』だ。

本当は水に溶かして飲むものだが、水筒は馬車に置いていたので手元にない。だから丸く固めた小さな粒のまま置くことにした。

近くにガラスの木の葉が落ちていた。透明なマリアの手ほどの大きさのものだ。ちょうど皿代わりに良いと思い、それを引き寄せる。

そうしてマリアは薬を握りしめ、おまじないをかけた。

「手の平で夜は作り出され、月を呼び覚まし、全ての歪《ゆが》みを正す……」

亡き母が教えてくれた、おまじないだ。薬を作ったり、誰かに飲ませる時にとなえれば効くと言われたものだったが。

ふと、周囲がきらきらと輝いた気がした。

顔を上げると、ガラスの木のあちらこちらが、光を反射したかのようにきらめいている。空が明るくなったわけでもないのに。

しかし、それも一瞬だった。

目の錯覚だったかのように、すぐに元に戻《もど》ってしまう。

薄青のガラスの森の中が騒がしいような感覚に陥《おちい》りかけていたのに、再びしんと静まり返ってしまったように感じた。

（ええと……幻覚？）

もうあの輝きは見えない。その痕跡《こんせき》もなくて、夢を見ていた気がしてきた。

だからマリアは『気のせいだ』と思うことにした。

それよりも薬をあげなければ。

マリアはガラスの葉の上に、小指の爪ほどの大きさがある薬を三粒載せ、狼の方へと差し出した。

十歩ほど離れてから、狼に話しかける。

「あなたに差し上げます。どうかこれで、少しでもあなたの心が安らぎますように」

マリアが言うと、小瓶の側でまだ背中を地面にこすっていた狼が、ゆっくりと起き上がった。

狼の視線は、ガラスの葉の上に置かれた薬に向けられている。

不自由そうに匍匐《ほふく》前進で進んだ狼は、ふんふんと薬の匂いを嗅《か》いだ後、あっさりと薬を食べた。

数秒、狼はそのまま動かなかった。

しばらくして、ふっとその青白い被毛に白い光のさざ波が起こる。

光はぱっと燐光《りんこう》のように狼の周囲にあふれ出し、そのとたんに、狼の体を覆っていた氷が一気に砕け散った。

ガラスを割るような音色に、マリアは目を見張る。

「どうして……?」

ただの、心を安らがせる薬だ。それとも幻獣は、普通の薬でもおかしな作用が出るのか?

狼は解放感に飛び跳ねて喜んだかと思うと、そのままガラスの森の奥へと走り去ってしまった。

呆然と見送ったマリアは、ふと青年の反応を知りたくなる。

ちらりとそちらに視線を向けると、亜麻色の髪の青年は数歩、前へ移動していた。

その視線は狼が去って行った方向へ向けられていたが、足元に残っている一粒の薬を見て、また狼が進んだ方向へ移動する。

ふっと息をついてから、彼はしゃがみこんだ。

なにをするのかと見ていると、青年は薬をつまみ、すん……と匂いを嗅いで、そっとポケットにしまった。

匂いが気に入ったのだろうか。

でも、彼は拾った薬をどうするのだろう。まさか拾ったものを飲むことはないと思うが。一応、あの薬には激しい作用や副作用もないものの、薬効の解説をするべきかもしれない。

「あの……先ほどのは気持ちが安らぐ薬です。強い効果はなくて、不安感が強い患者さんを落ち着かせるものなのです」

解説を聞いた青年が、マリアの方を見る。

「そこまで薬に詳《くわ》しいなんて、君は薬師か？　だから薬を沢山持っていたのかい？」

たずねられて、マリアはどう答えようかとためらった。たぶん彼は、マリアが薬を出す時に、沢山の薬品が入った箱を見たのだろう。

すると青年が不思議そうにマリアの衣服を見て言う。

「着ている物を見る限り、それなりの家の出だと思うけど。薬師ではないなら、貴族の令嬢かな？」

「い、いえ薬師です」

とっさにそう言ったのは、貴族令嬢だとわかると叔父や伯母に迷惑がかかると思ったからだ。

「それなら王宮にでも勤めていたとか？」

「う……」

平民がおいそれとは買えない質の服だったから、そうたずねられたのだろう。

マリアも、もっと質素にしようとしたが、伯母に説得されたのだ。「修道院へ行った時に質素にしすぎると、平民と同じ扱いをされて色々不利なことがあると聞いたわ」と。

しかし普通の薬師が、こんな衣服を着ているわけがない。

マリアが黙り込んでしまうと、青年がつぶやいた。

「わけありか……」

その通りだ、とうなずきたかったがそれもできない。

じっとしていると、青年は話題を変えてくれた。

「とりあえず森の外へ案内しよう。キーレンツの城下町でいいかな？」

「キーレンツの城下町ですか？」

そこは隣国セーデルフェルト王国の領地だ。リエンダール領とは隣同士だが、間にガラスの森があるので交流はない。そちらへ行けば、帰れなくなってしまう。

思わず疑問の声を上げたマリアに、青年が首をかしげた。

「エシェルの町だったかい？」

そちらもセーデルフェルト王国だ。公国に帰りたいマリアは、苦渋の思いで青年に話した。

「すみません、実は私、アルテアン公国側から来たのです。街道を通っている途中で、あのハムスター達にさらわれて……。なので公国への案内をお願いできれば嬉《うれ》しいのですが……。もちろんお礼はいたしますので！」

ここで使うべきだろうと、マリアは懐《ふところ》に入れていた銀貨の袋を差し出した。これは叔父が餞別《せんべつ》にくれたものだ。

が、青年は首を横に振って「もらえないよ」と言う。

「私はアルテアン公国側には行けない。よって案内も難しいんだ」

「え」

「私の姿を隣国の者に見られると困るんだよ。この姿では、セーデルフェルトの貴族階級の人間だとすぐにわかってしまう。目撃された場合、国境を越えて何をしていたのかと、アルテアン公国から抗議されることになる。紛争の火種になっては困るんだ」

青年の話はもっともだった。

（とはいっても……どうやって戻ればいい？）

なにせマリアは国境侵犯をしている状態だ。ガラスの森はセーデルフェルト王国の領地なのだから。

ここにいるだけで、マリアは捕まってもおかしくはない。巨大ハムスターのせいだったと証明できても、そう簡単に帰らせてはくれないだろう。取り調べを受けるだけですめばまだいい方だ。

考えられる方法は二つ。

一、セーデルフェルト王国側に一度入り、旅人のふりをして故郷へ帰る。

けれど旅人を装うには、通行証が必要だ。マリアは持っていないし、偽造を頼むわけにもいかない。

二、途中までこの青年に送ってもらい、以後は自力で教えてくれた方向へ歩いて森からの脱出を図る。

二番目の方法が、まだ現実的な気がした。

「あの、途中まで案内していただいて、後は自分で帰るということはできないでしょうか？」

早速たずねてみたが、青年は無言である一点を指さした。

マリアは指先が示す場所になにがあるのかと、背後を振り返り——ぞっとした。

木々の間から、ちらちらと覗《のぞ》くものがある。

ふっくらした頬の一部や体に比べて小さな手、とびつきたくなるような丸いお腹《なか》の曲線……間違いなくマリアをさらった巨大ハムスターだ。それも複数。

「私から離れると、即座にあのケモノ達が君に群がるんじゃないかな。そしてまたここに戻されると思うんだ」

「なぜ……」

どうして自分がハムスターに気に入られたのか。マリアはわけがわからなかったのだが。

「おそらくは、君の薬が気に入られたんだろう。先ほどの薬の匂いがまだ残っているんじゃないのかい？　その匂いに釣られて寄って来るんだ」

「うあああぁぁ」

匂い。しかも気つけ用の強力なものだ。服を着替えて風呂にでも入らなければ落ちないに違いない。

川にでも飛び込めば少しはマシになると思う。が、ぬれねずみになった状態で森の中をうろつき続けていたら、風邪をひく。

（そもそも、ガラスの森の中にある川って、リエンダール領へも枝分かれして流れているのよ。川の近くの方がガラス職人が辺りをうろついている可能性があるわ）

そんな場所には、絶対に青年は案内してくれないだろう。

詰んだ。どうしようもない。

がっくりとうなだれたマリアに、青年が不思議そうに言う。

「通行証は持っていないのかい？」

「ありません……アルテアン公国内の修道院へ行くつもりだったのです」

基本的に修道女はその周辺の村や町ぐらいにしか出かけない。旅に出る必要がないので通行証の用意はなかった。

そこで彼が「ああ」と納得したような声を漏《も》らす。

「親族を亡くしたのか」

修道院という単語と、マリアが黒い服を着ていたことで、いろいろ察したのだと思う。親族を失って行き場がなくなったのだろう、と。

「辛《つら》い時に、妙なことに巻き込まれて、大変だったね」

青年の思いがけない言葉に、マリアは時間が止まったような気がした。

そうか、私は辛かったんだ。

青年はそのことを察して、気づかってくれた。

そうわかったとたんに、ほろりと涙がこぼれる。

「え、なんで」

マリアは驚いた。

急いで拭《ぬぐ》ったけれど、目の周りは赤くなっただろう。みっともないと思ったが、青年は笑ったりしなかった。

「大事な人を亡くして、嘆かない人間はいないよ。私もずっと昔に父を亡くしたから、気持ちはわかるつもりだ」

「あなたも、お父様を亡くされたんですか。私も、父を……病で」

同じなんだと思うと、少し思い出した悲しみが和《やわ》らぐのを感じた。青年もそうなのかもしれない。少し微笑んだから。

「かわいそうなんだけど……。ごめんね、私は通行証を出せる身なんだけど、城下の住民ではない君に出すのは難しい。だから……一つ提案があるんだ」

「提案、ですか？」

「そうだ。三ヵ月ほどキーレンツ領で暮らせば、住民として通行証を正規の方法で発行できる」

三ヵ月も時間はかかるけれど、後ろ暗くない方法で通行証をもらい、隣国へ戻れるらしい。

「住むところについても紹介できる。けど」

青年は困ったように首をかしげた。

「その衣服を着られるほどの暮らしをしていた君では、衣食住の世話をしてくれる人が必要だろう。城へ来ないかい？　そこなら召使いもつけられる」

「いえいえいえ！　修道院へ行くにあたって、一張羅を着ただけですので！　私は料理も洗濯もできますから！　お城に住まわせていただくなどもっての外《ほか》です！」

貴族令嬢だと思われたくないマリアは、必死で首を横に振った。

「そうなのかい？」

「そうなんです！　あの、どこか家を貸してくださる人を紹介していただければ、なんとかしますので……」

叔父が万が一のためにと、持たせてくれた先ほどの銀貨がある。向こう二ヵ月くらいは、なんとか生きていけるはず。

マリアがそう言ったら、青年は明るい表情で提案してくれた。

「なら、私の持っている一軒家を貸そう。森に近い場所だけど、そこに住まないかい？」

「一軒家ですか」

マリアは目をパチクリとまたたく。

よもや貴族の青年から、賃貸の誘いを受けるとは思わなかった。

「町から少し離れているのが気になるかもしれないけれど、私や部下も見回りに来る場所だから、それなりに安全も確保できる。なにより……」

青年はきりっとした表情で付け加えた。

「家賃はただにするよ」

「ただ……っ！」

青年の提案に、マリアはがぜん興味を引かれる。

無料と聞いて喜ぶべきだろうが、マリアはためらってしまう。

こんなにマリアに都合のいい話があっていいものか。

(しかも初対面の私に、こうまでよくしてくれるのはなぜ?)

気の毒だと思っても、貴族が平民にほいほいと城に住まないかと言うのも、家を貸すのもおかしい。

青年はマリアの戸惑いを察したように、安心させようとしてくる。

「君は幻獣に無理に連れてこられてしまったのだし……。それに君は薬師なんだろう? 薬師はいればいるほどありがたいからね。ガラスの森の近くだと、ガラスの木を伐《き》り出す時なんかに怪我をすることも多いから」

(あ、そういうことね)

薬師は世の中に沢山いるわけではない。

必要な知識が多く、さらに必要な道具が高価なせいだ。小さな村には一人もいないなんてよくある話だし、小さな町でも一人いればいいくらいだ。

一時的にでも人数が増えたら、それだけでも安心できるのは当然だった。

(それに住む場所は、喉から手が出るほどほしい。それに住所が定まれば手紙を送り合える。知らせることさえできれば、伯母様や叔父様も安心してくれるでしょう)

修道院は、また別の場所を探して入ればいい。その分、伯母や叔父には迷惑をかけてしまうが、マリアが国境侵犯をして騒ぎを起こすことになるよりずっとマシなはずだ。

マリアは決意した。

「では、その家をお貸しください」

「もちろんだ。そうそう、薬師として店を開くのも許可を出しておくから、よろしく頼むよ」

さらりと青年が言うので、彼は営業許可を出せる立場の人らしい。

マリアは思わず分析してしまう。

（貴族なのに、通行証をむやみに出せない人……か。父親が領主で厳しく管理しているのかしら？　もしくは使用人に信用ならない人がいて、見なれない娘に通行証を出せば、すぐさま敵対する家に伝わるとか、そこからありもしない罪をでっちあげられて、王家から処罰されるような立場だったりするのか）

理由を推測していたマリアは、途中で「ん？」とひっかかりを覚えた。

何か、このキーレンツ領について似たような話を聞いたことがあったような。

（父親が死んでて……幻獣に避けられる人って話……誰に聞いたのかしら。お養父様？）

思い出そうとしたマリアに、青年が話す。

「あと貸す家は元々薬師が住んでいたから道具も置いたままになっているんだ。それも使ってかまわないよ」

「ありがとうございます」

マリアは感謝して一礼した。

薬を売って生活費を稼ぎたいけれど、道具がとても高価なので、どうしようかと思っていたのだ。買わずに済むだなんて幸運すぎる。

「では案内しようか。少し急ぐから、なんとかついてきてくれるかい？」

「早くここを離れないと、危険なんですか？　あ、ガラスの森だから……」

長く居続けると、ガラス化してしまうかもしれない。

だからかと思ったマリアだったが、青年が首を横に振る。

そうして彼は、そっとマリアの背後を指さした。

「静かに、ちょっとだけ振り向いて見てごらん」

マリアは言われた通りにした。

すると、青く透明なガラスの木の幹が林立する向こうに、黒い物が見える。

それがみじろぎすると、シャラシャラとガラスが軽い音を立ててぶつかり合う音がした。

「あれ……は……」

視線を上に移動させた時、ガラスの木の梢《こずえ》の上から、細い首と丸い形の頭、そして長いクチバシが見えて……。

そこには見上げるほどに巨大な、黒い鳥型の動物がいた。

黒い頭にあったガラスのような青い瞳が、マリアに向けられた気がする。

「ひっ」

あれは幻獣だ。

しかも先ほどの狼どころではなく、強い幻獣に違いない。

マリアはギギギと、さびついたような動きで、青年に了承のうなずきを返した。

「大丈夫。私がいる限り、幻獣はおいそれと近づかない。先ほどの狼の幻獣だってそうだっただろう？」

「はい……」

たしかに彼に、幻獣は近づかなかった。そして今も、巨大な鳥の幻獣はこちらにはやってこない。

「昔はこんな体質ではなかったんだけどね」

青年はそうつぶやいて嘆息した後で、マリアをうながした。

「……では行こう」

マリアは青年を追いかけ、薄青の柱が林立するようなガラスの森を進む。

（あんな恐ろしそうな幻獣がいる場所に、なぜこの人はいたんだろう）

そんな疑問を感じながら。

森の中を歩いていると、時々遠くに、白いうさぎや、大きなハムスターを見かけた。

そういえばあのハムスターの行動も謎だった。

どうしてマリアをこんな場所へ連れて来てしまったのか。

青年に推測をたずねてみたい。が、小走りの状態のままなので、息が切れてきて会話もままならない。

（お養父様が亡くなってからずっと引きこもっていたせいね。体力が落ちているんだわ）

それでも必死についていき、しばらく経った頃、ガラスの林立する範囲との境界線へ到着した。

合間に見慣れた茶色の幹が増え、空を覆う葉も緑が増えてきている。

振り返れば、黒い鳥型の幻獣の姿も見えなくなっていた。

マリアはほっとする。

そこからは、青年も少し歩調を緩めた。

やがてガラスの木の割合が減り、途中から折れて倒れたようなガラスの木ぐらいしか見られなくなる。

さらに歩くと、完全にガラスの木は見えなくなった。代わりに馬車のわだちが残る道へ出た
――ということは。

（ガラスの森から出たんだ）

ほっとしたところで、青年もようやく一度足を止めた。

マリアはぜいぜいと息をしながら追いつく。

そんなマリアを見て、さすがに青年は申し訳なさそうな表情になった。

「無理をさせてすまなかったね。でも逃げるためだから……」

「はい、それは理解しております」

自分のためだとわかっているので、マリアはうなずいた。青年も、途中で何度かマリアが追

いつくのを待ってくれたのだ。

ようやく息が整ってきたマリアは、改めて礼を言った。

「私のために、ご配慮いただきありがとうございます。それで、その。私はマリア・リンデルといいますが、あなた様のお名前をうかがってもよろしいでしょうか？」

お礼を言うにしても、名前も知らないままだ。改めて聞こうとしたのだが。

「ああああっ！　ここにいた！　お探ししましたぞレイヴァルト殿下！」

やたら元気そうな男性の声が、怒号のように青年の声を途中でかき消した。

声の主が雑木林をざざっとかき割るようにあらわれた。

馬に乗った大柄な赤髪の青年だ。

黒いマントに焦げ茶色の厚手の服を着ている。かっちりとした形の裾長の服は、どこかの制服に見える。騎士とかそういうたぐいの。

「殿下、なぜこのような場所まで移動されたのですか！　お時間を過ぎても戻られないので、お探ししてしまいましたぞ！」

暑苦しそうな物言いの赤髪の青年は、馬を飛び降りて亜麻色の髪の青年――名前はレイヴァルトというらしい――の前に駆け寄る。

彼はそのまま滑り込むようにレイヴァルトの前に膝《ひざ》をついた。

膝が痛くないのかと気になったマリアだが、それよりも重大な発言に、頭が混乱する。

（殿下？　レイヴァルトって、まさかセーデルフェルト王国のレイヴァルト王子!?）

そこでマリアはようやく、先ほどひっかかりを覚えた理由を思い出した。

隣国とはいえ、今まで住んでいたのは森を隔《へだ》てただけの場所だ。しかも村人がガラスの森に入って捕まった、という話が数年に一度はあるもので、隣国のことは多少なりと伯爵家では把《は》握《あく》していた。

セーデルフェルト王国の第一王子レイヴァルトが、王国側のガラスの森に接したキーレンツ辺境伯領を治めることになった話も……。

ただそれを聞いたのが、養父が病気になった頃だった。看病で頭がいっぱいになったマリアは、その情報を記憶の奥の方にしまい込んで忘れていたのだ。

(でもそれなら、彼の身なりについては納得できる)

金の頸飾勲章をわざわざ身に着けているのは、身分を口に出さずとも知らせるためだ。王族の似顔絵は出回っているとはいえ、実際の姿と似ているか怪しいものも多い。

領民が何も知らずに粗相をして、罰を受けることを避けさせる配慮ではないだろうか。

当のレイヴァルトは、やや疲れた表情で赤髪の男に応じた。

「ほんの少し時間がかかっただけだろう。必死に探すようなことではないよ？　お前は私のことを、その辺ですぐ迷子になる子供だと思っているのかな。侮りすぎてはいないかい？　イグナーツ」

赤髪の青年――イグナーツは苦言に慌《あわ》てた。

「決してそのような意味では！　ただ最近はふらちな輩《やから》がおり、殿下の御身を心配したがゆえ！」

「あと声が大きいよ」

「……失礼しました」

イグナーツが、水をかけられた火のように静まり、ぼそぼそとした声になる。

(体力が有り余っている人だわ。ある程度強めの薬じゃないと、効かなさそう)

そう考えながらも、マリアは二人の会話が途切れたところで、レイヴァルトの前に膝をついて頭を下げた。

「おい、何をしている？」

イグナーツが折よくたずねてくれたので、マリアは言った。

「王子殿下とは知らず、ご無礼をいたしましたので……」

知ったからには礼を尽くさねばならない。

今までは貴族だと思っていたので、安全地帯へ出たところでお礼を言い、その他の配慮については また別の機会にお返しをと思っていたが。王族ではちょっと次元が変わってくる。

とにかく非礼を謝り、敬う態度を示しておかねばと思ったのだ。

するとレイヴァルトがため息をついた。

「気にしないでほしい。わざと教えなかったのは私だからね。へりくだらなくていいから、立ってくれるかい？」

レイヴァルトの許しがあったので、顔を上げて立ち上がったマリアだったが、今度はイグナーツの視線にぎょっとした。親の仇《かたき》かと思うような目を向けられたからだ。

「殿下。この女性はどこの貴族令嬢ですかな？」

やっぱり貴族の娘に見えてしまうのかと、マリアはぎくっとした。

が、レイヴァルトの言葉で、その印象すら吹き飛んだようだ。

「実は、修道院へ行こうとしていたところを、ハムスターがガラスの森へ連れて来てしまったみたいなんだ」

「ハムスターが⁉」

再びイグナーツが大声になる。

たしかにハムスターにさらわれたら、令嬢うんぬんよりも衝撃的だろう。が、彼の反応は想像以上に大きくてマリアはびっくりする。

と同時に気になることがあった。

（イグナーツという人の心臓が心配だわ）

興奮しやすい人は、心臓の病にかかりやすい。こういった人物を落ち着かせる薬はなんだったか……。つい考えてしまったマリアだが、今はそれどころではない。

「それで通行証をなくしたというから、家を貸して三ヵ月住んでもらい、キーレンツの住民として通行証を発行しようかと思って」

「まさか殿下、貸す家とは……」

「ここからすぐ近くだね。森の端にある、アレだよ」

イグナーツはなぜか一度深呼吸した。それからマリアに向き直った。

「では私めが、食事の世話をいたしましょう」

「はい!?」

困る。

令嬢ではないかと疑った人が長時間側にいたら、さすがにマリアもボロを出してしまいそうだ。六年間の令嬢生活は、所作や行動にもしみ込んでいるのだから。

思わず言い訳しようとしたマリアより先に、レイヴァルトは予想外の嘘をついた。

「彼女は両親を亡くし、家を乗っ取られて修道院へ行く途中だったそうだ。だからね、察してあげようイグナーツ」

「な、なんと……気の毒な」

イグナーツがかわいそうな人を見る目をマリアに向けた。

たちまち事情を聞いてはいけない、わけありの令嬢になってしまったが。

(助かるんですけれど、これでは元令嬢だったような感じになるのでは……)

しかし反論もしにくい。

でなければこの高価な衣装の説明がつかないし、下手《へた》な言い訳をしてマリア自身で墓穴を掘るのも避けたい。

「そんな人が自らの力で生きて行きたいというのだから、尊重しよう」

「承知いたしました」

（とりあえずは……このままにしておこう）

マリアが内心でそう考えていると、第三者の声が響いた。

「ああ、ここにいたんですね、殿下」

イグナーツと違って静かにあらわれたのは、暗い灰色の髪を首元で結んだ青年だった。

やや冷たそうな雰囲気の彼は、街にいれば女性が十人とも『かっこいい』と言うだろう顔立ちをしている。

同時にマリアは、神経質そうだ……と彼のことを心の中で評した。病気になると、極端に気弱になってしまうタイプに見える。

（もし彼が風邪をこじらせたりしたら、精神を落ち着かせる薬を一緒に処方すべきかもしれない）

そんな灰色の髪の青年も、レイヴァルトの騎士の一人のようだ。剣を身に着ける以外にも弓を背負っていた。

彼はレイヴァルトから数歩離れたところで立ち止まり、一礼する。

「ラエルか」

「探しましたよ殿下。ところで例の家について話をしてたみたいですが……」

ラエルと呼ばれた灰色の髪の青年が周囲に視線を向け、マリアを見つける。それから「ああ」と言いたそうな表情になった。

「彼女に貸すのですか？」

「そうだよ」

うなずいたレイヴァルトに、ラエルは首をかしげた。

「しかし、どこぞの令嬢のように見えますが、衣食住は自分でまかなえるのですか？」

「あ、あの、令嬢ではありませんので……」

ここでしっかりと否定しておかなければ。そう思ったマリアの発言に、ラエルが不可解そうな表情をしたものの、主であるレイヴァルトが否定しないので、そのまま飲み込むことにしたようだ。

ラエルがレイヴァルトにそれでは……と申し出た。

「私かイグナーツで案内しておきますか？」

「もうすぐそこだ。通り道だからこのまま私も一緒に行くよ」

「承知いたしました。殿下に従います」

一礼するラエルに、イグナーツもならう。

レイヴァルト達に先導されながら歩き始めたマリアは、三分ほどで木立の向こうに小さな家を見つけた。

木造の三角屋根の小さな家には、煙突が三つ。

おそらくは煮炊きをするものと、暖炉の分だろうけれど、もう一つは何だろう。外壁もしっかりと白い漆喰《しっくい》が塗られていて、窓枠にはガラスがはめ込まれている。

家の構造も二階建てで、しっかりとした造りに見えた。

（ガラスの森の外縁部に建っているのね。町からはそれほど離れていない）

ちょっとした坂道の先に、町の家並みが見える。

徒歩で五百歩ぐらいの距離だ。

人里から離れるというには近すぎ、かといって薬を売るにはやや遠い。こんな場所に住んでいた薬師とは、どんな人なのかマリアは気になった。

「すみません。この家の先住者はお亡くなりになったのですか？　薬師だと聞きましたが、御病気だったのでしょうか」

なぜか三歩ほど離れて隣を歩いていたラエルは、「ああ、気になるんですね」と教えてくれる。

「先住者は年老いて、子供と同居するために家を出たんですよ。元々ここは、何代か前のキーレンツ領主が、各町に薬師を配置する政策を行った時に建てた家で、薬師が交代で住んでいたのです」

「それがなぜ空き家に？」

先代がいなくなったのなら、よそから薬師を呼んで住まわせそうな気がするが。

声が遠いので、自然とラエルに近づく。するとなぜか、ラエルが遠ざかった。

（……女性が嫌いなのかしら？）

だとしたら気の毒なことをした……と思いつつ、マリアは一歩彼から離れる。

「今のキーレンツの薬師は、町中に住んでいるんです。薬を売るには町中に住んだ方が楽ですからね」

「なるほど」

話を聞いて、マリアは考える。

(町の人は、薬師がいなくて困っているわけではないのね。その方が、病気の人が辛い思いをしないで済むからいいのだけど。私が薬を売るのは少し大変かもしれない)

薬が足りているなら、売れ行きは良くないだろう。とはいえマリアが手に持つ技術は薬作りだけだ。なら、家庭で常備するけれど、作るのは少々面倒な品を売る方がいいかもしれない。

なにせマリアがこの町にいるのは、三ヵ月だけ。

相手の薬師の売り上げが悪くなって、険悪な仲になるのは避けたい。それで相手の薬師が出て行ってしまったら、マリアがいなくなった後でこの町の人が困ってしまう。

(そうすると作るのはシロップ程度にすべき？　薬草を入れたものを小瓶に分けて売ればいいかもしれない)

保存がきくものなら、日々の予防薬と甘味を楽しむために、買ってくれる人はいる。そして元からいる薬師にも嫌がられにくい。

(あと、町の薬師がなかなか作らない薬……は、その薬師がどんな薬が得意かがわからないと無理だから、明日にでも人に聞いて回ろうかしら)

脳内でめまぐるしく考えているうちに、家の前まで到着していた。

イグナーツが鍵を使って、家の扉を開ける。

中は白漆喰の壁に、床は木でできている。素朴ながらも綺麗《きれい》にしてあった。

そして目の前には部屋へ続く扉がある。

マリアがその扉を開くと、広い作業部屋になっているのがわかった。

調剤の材料を沢山並べても困らなさそうな、大きな木のテーブル。どっしりとした黒鉄色《くろがねいろ》の薬研《やげん》や天秤《てんびん》が置かれて、少しだけホコリをかぶっている。

周囲の壁一面に作りつけの棚があり、棚は半分だけガラスを使った扉がつけられていて、その向こうにはガラスの瓶が林立していた。

ほとんどが空の瓶だが、これを見るだけでマリアは気持ちが浮き立つ。

(この棚全部を薬の材料や、作った薬で埋め尽くしたら、すごく楽しそう)

しかも材料がいくらか保管されている。

「あの、これはもしかして使ってもいいのでしょうか?」

思わず確認すると、レイヴァルトがうなずいた。

「問題ないよ。三ヵ月前にいなくなった先任者が、もう使わないからと、置いて行ったものだから」

「なんと……」

すばらしい！　マリアは叫びそうになるのを抑えた。

三ヵ月前ならば、保存状態を確認さえすれば使える材料も多いはずだ。

さらに部屋の奥にはかまどや、流し台まである。しかも近くの小さな扉を開くと、小さい井戸が目の前に見えた。

「なんて理想的な……」

思わずマリアはつぶやいてしまう。

薬の材料を洗うにしても、外まで出て洗うのはあまりにも非効率だし、風の強い日などは飛んでしまったり土が入る恐れだってある。そういった問題を解決してくれる流し台や、すぐ水を運んで来られる井戸があるのはとても嬉しい。

「ずいぶん気に入ったみたいだね。嬉しいけど、他の部屋も確認した方がいいんじゃないかな？」

レイヴァルトに言われて、マリアははっと気づく。そうだ、まだ作業部屋しか見ていない。

マリアは一度作業部屋を出て、隣にある部屋へ向かった。そこは台所兼居間になっていた。

四人座りの無垢材《むくざい》のテーブルと椅子が置いてある。

作りつけの暖炉の近くには、簡素ながらも木のソファが据えられていた。先住者が置いて行ったのだろうクッションも、ホコリを落として洗えば使えそうだ。

台所の棚にはいくらか食器も調理器具も残っていた。

「二階が私室部分だったはずですよ」

ラエルに言われ、マリアは二階に上がる。

私室部分といっても、三つも部屋があった。

一つは物置にしていたのか、カーテンはなく、木箱が二つ置かれているだけだ。

もう一つは客室にでもしていたのか、寝台は置いていたが、それ以外は何もない。

最後は一番広い部屋で、薄緑のカーテンが窓にかけられていた。ホコリよけの布がかけられた寝台には、寝具もそろっている。他にベッドサイドのテーブル、書き物をする机と椅子や、書棚が残されていた。

書棚には、本もかなりの数が置かれたまま。重たいので、引越し先には持って行かなかったのだろう。

「あの、本当にここをお借りしてもいいのですか？」

そうマリアがレイヴァルト達にたずねた時だった。

――ドスッ。

――ドスッ。

二度目からは壁や床がぴりぴりと震える。

「え、何？」

戸惑うマリアの前で、レイヴァルトとラエルがため息まじりに言う。

「またアレか……」

「仕方ないですね」

「排除いたしましょうか？　殿下」

イグナーツがそう進言したが、レイヴァルトが首を横に振った。

「排除できるものではないだろう。幻獣なのだから」

「幻獣!?」

マリアは窓に駆け寄って外を見た。

目の前に広がっているのは深い緑の木々の森。

家の周りは小さな草地になっているが、そこに、なんだか見覚えのある姿があった。

ハムスターだ。

マリアの半分くらいの背丈があるハムスターが三匹、なぜか家に駆け寄っては体当たりしている。家に突撃してくる幻獣など、見たことも聞いたこともない。

そのうち幻獣は、壁をかりかりと前足でひっかき始めた。

レイヴァルトが腕を組む。

「それにしても……。このまま家が壊されては困るね」

つぶやき、そのままレイヴァルトが部屋から出て行った。慌ててイグナーツが追いかけて行く。

「あの、まさか幻獣を追い払いに行ってくださったのですか？」

「そうですよ」

残ったラエルがうなずいた。

なるほど。例の幻獣に避けられる性質を使ってくれるのだ。

二階の窓から下の様子を見守っていると、レイヴァルトが姿を現しただけで、ハムスターがぱっと家から離れ、レイヴァルトから距離をとった。

さらに一歩レイヴァルトが進み出ると、幻獣はどこかへ駆け去ってしまう。

「君は、うちの殿下が動物に避けられるのを知っているんですね」

「ええ、まぁ」

今のラエルの話だと、動物全般に避けられるらしい。

と、そこでラエルのことも気になる。

「そういえばラエル様は、人がお嫌いなのですか？」

気のせいではなく、マリアどころか、レイヴァルトやイグナーツとも距離を取っているのだ。

ラエルは苦笑いして認めた。

「人が側にいるのは苦手なんですよ。潔癖《けっぺき》だと言われることもあるんですけどね」

「潔癖ですか」

生理的に無理だというのなら、配慮しようとマリアは思う。

「通常、何歩くらい離れていれば平気ですか？」

たずねると、じっとマリアを見たラエルは、なぜかマリアとの距離を詰めた。

「君なら……大丈夫かもしれないですね」

「え？」

清潔そうに見えるのかもしれない。薬師としてはその方が嬉しいが、真実は伝えるべきだ。

「私、先ほどまで山道を歩いて来たので、潔癖な方には汚いのであまりおすすめできませんが？」

「それは俺も同じですよ」

　一緒に森から出て来たので、同じ穴の狢《むじな》だったか。ではラエルの潔癖さの基準は一体どこにあるのか。首をひねるマリアに、ラエルが身を寄せてくる。

「えっ、何を……」

「確かめさせてもらいたいんです」

　ラエルの言っていることがわからない。戸惑っているとラエルがマリアの額《ひたい》に触れ、髪に触れて、なぜか顔を肩の辺りに近づけた。

「ちょっ！」

　異性にここまで接近されるのは、さすがに抵抗がある。思わず飛びのいたマリアだったが、何かを確認できたらしいラエルは満足気な表情をしていた。

「うん、やはり君は『大丈夫』な人のようですね」

「ええと、近づいても忌避《きひ》感はないと？」

　うなずくラエルに、マリアは一体何を確認したのか不思議に感じた。

　と同時に、同じようなことをした人がいたのを思い出した。

（――レイヴァルト殿下が）

　ハムスターの手から放り出されたマリアを受け止めた時、少しの間、うつむいたままだった。

　その時、なんだかおかしいなと思ったのだが。

「あの、一体どうしてラエル様は、私が大丈夫だと判断されたのですか？」

「匂いですよ」

「匂い⁉」

額に触れたので、病気を疑われて熱を確認した可能性は考えていたが、よもや匂いとは。マリアは予想外すぎて、口をぽかーんと開けてしまう。

（ということは、似たようなことをしていたレイヴァルト殿下も、匂いを確認していたとか⁉え、やだ私、何か匂いがする？）

思わず腕の辺りを嗅いでみたが、ミントや酢の匂いが、ほんのりと漂っていることしかわからない。

「とりあえず下へ行くとしましょう」

ラエルに誘われて、マリアも一緒に階下へ降りる。

家の外を回ってレイヴァルトの元へ行くと、足音に気づいたのか、レイヴァルトがこちらを振り返った。

「すまないが、追い払うことしかできないんだ」

「いいえ、大丈夫です」

マリアは笑顔で答えた。

幻獣は恐ろしい。でも、町中に住むのはマリアにとってあまりにも危険だ。身元を嗅ぎつけられるようなことがあっては困る。

（それに私、この家がとても気に入ってしまってる）

住みたいという気持ちがマリアの中に湧き上がっていた。

この家でゆったりと薬を作って売って過ごせるのなら、三ヵ月間、見知らぬ土地でもがんばれそうだ。

（そうはいっても、今日はもうくたくただわ……）

巨大ハムスターにさらわれて、ガラスの森で死の予感に震え、見知らぬ人に助けを求めたり、かばってもらったり、新しい家に住むことになってみたり……めまぐるしい一日だった。

まだ夕方まで間があるというのに、もう眠ってしまいたくなっている。

でもホコリだらけの場所で眠ったら、何か別の病気になりそうだ。

とにかく台所と、寝室だけは掃除をしなくてはと思っていたら、レイヴァルトは意外なことを言い出した。

「ではまず、掃除をしてしまおうか」

「……は？」

マリアは目を丸くする。王子が掃除をするとは？

（何かの聞き間違い？）

そう思ったが、ラエルやイグナーツも上着を脱いで、さっとホコリを払った玄関先に置き、腕まくりを始めた。レイヴァルト自身も同じように作業の準備を始める。

「まずは水だな。雑巾《ぞうきん》はあったかな？」

「全てこちらに。時々滞在する際に使っていますので、わかりやすい場所に備えております」

イグナーツが、エントランスに置いてあった棚の中から、バケツや雑巾などを取り出す。

「私は水を汲《く》んでまいります」

イグナーツはそう言うと、すぐに外へ向かった。

「俺はハタキをかけておきますね」

はたきを手にしたラエルが、まずは台所からとりかかるべく移動する。

「最初にホコリをなんとかしないとね」

レイヴァルトもはたきを持ち、こちらは作業部屋へ。

「あの、なにも殿下がなさらなくても！」

慌てて追いかけたマリアに、レイヴァルトは振り返って言った。

「せっかく住むんだからね、家のことも、ついでにこの土地も好きになってほしいから」

「え……」

驚いている間に、レイヴァルトはさっさと行ってしまう。取り残されたマリアは仕方ないと諦めた。

「それに……こうしている場合ではないわね」

マリアは二階の部屋に、いくらか残された衣服のうち、自分が着れる、汚れが目立たない茶色のスカートと生成《きな》りのブラウスに着替える。

まずは台所の掃除を始めた。

夕食作りは明るいうちに済ませなければならない。素早くはたきをかけてくれたラエルと一緒に、雑巾で拭《ふ》くべきところを全て綺麗にしておく。

その後、急いで夕食の支度を始めた。

幸い、台所には万が一のためにイグナーツ達が置いていたという根野菜類や塩などがあった。

簡単なスープを作り、パンも小麦粉があったので、薄いものを二日分ほど焼いておけばいいだろう。

かまどの火さえ落とさなければ、温め直すのは後でもゆっくりできるので、明るいうちにナイフを使う作業を済ませておきたかったのだが。

「手伝いますよ」

ラエルがそう言って、にんじんやじゃがいもの皮むきをしてくれる。その手つきは慣れた人のものだった。

「……すごくお上手ですね」

騎士に料理ができると思っていなかったマリアは、思わず言ってしまった。なにせリエンダール伯爵領にいた騎士は、料理経験はほぼ皆無、野営の時は干し肉とパンだけで済ませると言っていたから。

「俺は器用ですから」

ラエルはふふんと得意気に笑った。

食事の支度を終えたら、作業部屋の様子を見に行く。

そちらも、レイヴァルトが棚のガラス瓶まで綺麗に洗ってくれていた。

「殿下にまでお掃除を手伝っていただいてしまって……申し訳ありません」

謝りながらも、マリアの頭の中は（？）でいっぱいだった。

（王子が掃除もできるなんて、思ってもみなかったわ……）

「時々、この家は休憩《きゅうけい》に使っていたからね。たまに手入れもしていたんだ」

だから慣れているというが、納得できるものでもない。そんな気配を察したのか、レイヴァルトが苦笑いしながら言う。

「昔……幼い頃はね、敷地内に趣味の家を父が建てていて……。それがここぐらい小さな一軒家だったんだ。薬を作るのが趣味の人で、だから召使いもあまり中に入れず、自分で掃除をしていたんだ」

「それは……すごいですね」

王族がわざわざ薬を作るために小さな家を建て、掃除までしていたというのだから。

「私も手伝っていた。だから掃除には慣れているんだよ」

そう言うレイヴァルトのまなざしは、持っていたガラスの瓶を優しく見つめていて……。昔を懐《なつ》かしむ人らしい表情をしていた。

レイヴァルトはそのまま小声でつぶやく。

「ああ……人は死んだら魂は生まれた場所へ行けると言うけど……こんな風にいつまでも誰かの側に置いてもらえるというのも、いいのかもしれないね」

マリアはぎょっとする。

まじまじとレイヴァルトを見たが、死を願う人特有の暗さは感じないが……。

（聞き間違い？）

それ以後、レイヴァルトはおかしなことを口走ったりはしなかったので、自分の耳がおかしかったのだと思うことにした。

やがて掃除が終わる頃、

「では明日、また様子を見に来るから」

そう言ったレイヴァルトは、イグナーツ達を連れて立ち去った。

そうして彼らの姿が見えなくなった後に新居に入ったマリアは、気合をいれるため、自分の頬をぱんと叩《たた》く。

「まずは食料の確認をしよう。早めにシロップやジャム、オイル漬けを作っておきたいし、材料はなにが足りないか見ておかないと」

保存食が沢山あると、レパートリーも増える。何よりハーブを使うことによって、風味も増すし様々な効果も期待できる。病人と会うことが多い薬師としては、普段の食生活から病気の予防を心掛ける必要もあるので、ハーブ入り保存食は様々な役に立つのだ。

「明日は忙しいわね」

さすがにこの家にある材料だけでは、そこまでは作れない。野菜も少ないし、ハーブ類も足りない。

そちらが一通り終わった後、蝋燭《ろうそく》等を探しつつ部屋の掃除を始めた。

寝台にはホコリ避《よ》けの布がかけられていたので、それさえ外せば大丈夫だ。床や机の上のホコリを拭ったり払ったりして、換気をしてしまえば終わる。

そんな掃除の途中で、机の引き出しに便せんや封筒を沢山見つけた。二十通ぐらい書いても大丈夫なほどある。

「これも使っていいのよね？」

驚くほど色々な物が残されていて、とてもありがたい。

マリアは掃除を終わらせると、夕陽が傾き始めたのを見て、急いで手紙を書いた。

《親愛なる伯母様

突然姿を消すようなことになり、ご心配をおかけいたしました。

今、私はセーデルフェルト王国のキーレンツ領の町へ来てしまい、親切な方の力を借りて新しい住まいを得ました。

家の掃除までしていただいて、とても良い方々です。

通行証を頂くには、三ヵ月の居住実績が必要なので、その間は薬師として働いて、そちらへ戻るためのお金を貯めようと思います。

必ず戻りますので、どうかお待ちくださいませ。叔父様にもよしなにお伝えください。

マリア・リンデル》

「よしできたわ」

マリアは手紙を一度鞄の中にしまって、食事をしようと階下へ向かったが。

――カタン。カタカタ。

物音が聞こえた。

マリアは階段を下りる足を止める。

「ねずみだったら困るわね。駆除の薬でも作ろうかしら」

そんなことを思いながら、マリアは台所兼居間へ続く扉を開いたのだが。

「…………え」

誰もいないはずの台所。窓から今日最後の残照が差し込む薄暗い空間に、ぬっと大きな影が見えた。

灰色の丸い背中が、スープを煮た鍋の前で揺れている。この暗さの中でもわかる、ふわっと毛におおわれた背中、その上に乗る頭の丸い耳、そして短い手足。

「は、は……」

マリアのつぶやきに、相手がくるりとこちらを振り向いた。

チチチッ。

ふっくらした体型のねずみに似た幻獣、ハムスターだ！

「なななんで⁉」

扉は閉めていたのに、どこから入ったんだろう。混乱しかけたマリアは、とにかく逃げようと思った。が、振り返るともう一匹ハムスターがいた。

「ひいぃぃ！」

息をのんだマリアに対し、二匹目のハムスターはそれを無視しきって、鍋の方へ歩いて行く。

「……？　ガラスの森に連れて行く気はない？」

目的はマリアではないらしい。

そして二匹のハムスターは、マリアの顔とスープの鍋を交互に見て、最後に両手をそっと伸ばした。

『ちょうだい？』

とでも言うように。

「スープ、食べるの？」

聞けば、ハムスターがうなずく。

（………目の錯覚ではないわよね？）

うなずいたのは単なる偶然かもしれない。だからマリアはハムスターに言ってみた。

「食べるなら、椅子に座って？」

二匹のハムスターはぴょこぴょこと歩いてテーブルの側へ行き、椅子を引いてよいしょっと座った。足が短いので、完全に床から浮いている。そして手をテーブルに乗せて、マリアを振り向いた。

「これは……間違いないわね」

スープがほしくて入って来たのだ。しかもマリアの言葉が通じている。

考えてみれば、謎の生物である幻獣なのだ。人の言葉を理解することだってあるだろうし、扉の鍵さえ意味がないのも仕方ない、という気がして来た。

だからマリアは二匹に言った。

「じゃあスープをあげるから、私の意志を無視して連れ去ったりしないでね?」

二匹はうんうんとうなずいてくれる。

取り引きのような形で自分の安全を確保したマリアは、ほっとしながらお皿を三つ出す。スープをよそって二匹のハムスターに差し出すと、二匹はお皿を両手で持ち、熱さも気にせずにズズズとすすり始めた。

そうしてマリアが食べ終わらないうちに、二匹は完食してしまった。

満足そうに大きなお腹をさする姿を見つつ、マリアは（まだ帰らないのかな……）と考える。食事が目的ではないのだろうか?

考えつつも、お皿を洗う。

その間も、ハムスターはちんまりと椅子に座ってにこにこしていた。足りないのかと思ってパンを差し出したが、手を振ってことわられた。

片づけをして振り返ると、ハムスターは一匹になっていた。

「……いつ消えたのかしら」

奇妙には思うが、相手は幻獣だ。追及したところで解明できる気がしない。

とりあえずもう寝よう。

そう思って、寝支度をするべく台所を出る時にも、ハムスターは着席したまま。振り返ったマリアに、ばいばいと手を振っている。

ハムスターはどうやら台所に執着しているらしい。

(これなら私を拉致《らち》はしないかも?)

警戒したところで、幻獣相手では防ぎようがない。マリアはもうどうにでもなれと、諦めることにした。

マリアは階段を上って二階の部屋へ行く。近隣に家はないとはいえ、窓のカーテンを開けたままというのは落ち着かない。だから閉めようとしたところで……ぎょっとした。

窓の外、地面の方に無数の光の点が見える。

「え………」

よく見れば、それは月明かりの下でじっとこの家を見つめるハムスター達の姿だとわかった。

「なに、これ。百匹はいるんじゃないかしら……」

どういうことかわからない。しかしこんな風に家を監視されたまま眠るのはちょっと難しいのでは。

と思ったら、ふいにハムスター達は一斉に左側を向き、風のように走り去った。

「……もう、大丈夫よね? いなくなったんだし、気にしないようにしましょう。気にしたら暮らせないわ」

自分に言い聞かせつつ、マリアは寝具の中に潜り込んだのだった。

# 閑話一

夕暮れ時の森の側《そば》は、いつも通りのざわめきに満ちている。

そよ風とともに揺れる草や葉擦《はず》れの音。自分達の土を踏みしめる音。

そんな中、イグナーツがぽつりと言った。

「殿下、彼女は本当に……」

横を歩く彼に、レイヴァルトはうなずいた。

その後ろ、二歩離れた場所を行くラエルも同意する。

「間違いないでしょう」

「それで、本人には話をされたのですか？」

イグナーツの質問に、レイヴァルトは首を横に振った。

「まだだよ。彼女の意志でなければ……。森が彼女を受け入れ、彼女も受け入れる気持ちが固まっていなければ、とても話せない」

レイヴァルトの言葉に、ラエルが嫌そうな表情になった。

「昔の森の幻獣との約束とは言え、面倒ですね。せめて俺達にできるのは、彼女がここに住み着きたいという気持ちにさせることでしょう」

「むしろ、他へ行けないぐらいにその存在を喧伝《けんでん》した方がいいのでは？」

逃さないようにして、ここに居続けてもらいたい。

そんな願いがこもったイグナーツの言葉に、レイヴァルトは苦笑いする。

「そんなことをしたら、逃げてしまうのではないかな」

高価な黒のドレスに、あかぎれ一つない手をしたマリア。彼女は間違いなく貴族令嬢か、裕福な家の娘として生きてきた人だ。

だけどたおやかさとは違うものが、その芯《しん》にある。

突発的事態の中、レイヴァルトに家へ戻《もど》るために様々な交渉《こうしょう》をしようとしたこと。保護するという言葉に、やみくもに飛びつかない冷静さ。

そこが貴族令嬢ではないかもしれない、と思わせるのだが……。

「まずは明日からあの薬師殿に協力いたします！　そして『ああ、なんて親切な方が多い町なのでしょう。だからキーレンツに骨を埋《うず》めます！』と言わせるとしましょう！」

イグナーツはめげずにそう提案する。

「何をする気だい？」

レイヴァルトは苦笑いしつつ聞いてみた。

「たいしたことではありませぬが……」

イグナーツはしようとしていることを説明した。

「妙な輩《やから》がいるのはたしかですので、ついでに警護をしようかと」

イグナーツはその計画を語り、レイヴァルトはうなずく。

「まぁそれぐらいなら……仕事の合間のふりぐらいはしないと、張りつかれているみたいで嫌がられるだろうから、気をつけて」

するとラエルも手をあげた。

「では俺は、しばらく決まった仕事から解放していただけるとありがたいのですが、殿下」

「わかった」

ラエルの提案にも許可をだす。

それからレイヴァルトはふっと笑みをこぼした。

「こんなに気にかけられているとは、夢にも思わないんだろうな。気づいた時にどんな反応するのかな」

それにイグナーツが重々しく応じた。

「本当は、これぐらいでは足りないのですが。ずっと殿下がお探しになっていたのですから」

「でも、どれだけ彼女のために手を尽くしても、全てが上手《うま》く行くとは限らないからね」

思わずレイヴァルトが釘《くぎ》を刺してしまうと、ラエルがため息をついた。

「愛情表現をする用意だけはいくらでもしているのですが……」

「お前の愛情表現は、限度を考える必要があるだろうな」

イグナーツの言葉に、ラエルが肩をすくめた。

「本当にあの薬師殿がお前にひっかかっては、あとが大変だ」

するとラエルが「いいことを思いついた」と目を輝かせた。

「殿下が代わりに愛情表現をしてくだされればいいのでは？　皆の総意として」

「私が……？」

目をまたたくレイヴァルトに、ラエルが自信満々にうなずく。

「俺と同じ気持ちでしょう？」

ラエルに問われたレイヴァルトは、視線をさまよわせる。

言いたいことはわかる。

レイヴァルトもあの匂いには引かれるのだ。抗《あらが》いがたいほどに。でもそれは……愛情表現をする感情ではないような。一方で、側にいればつい吸い寄せられるように近づいてしまいそうになるのは、人間としてもそういう気持ちがある……ということになるのだろうか。

悩むレイヴァルトの横で、イグナーツが腕を組んでうむうむとうなずく。

「愛情……。そうですな、店子《たなこ》は子も同然と申します。薬師殿に子に対する愛情をそそぐかのように接するのも良いでしょうな」

「子供に対する愛情、か」

まぁそれならばと、レイヴァルトも納得した。

「でも、最後に選ぶのは彼女だよ。それが幻獣達との決まり事だからね」

レイヴァルトの言葉に、二人は神妙な表情でうなずいたのだった。

## 二章　町を歩けば問題にぶつかるものです

小鳥のさえずりが、耳を優しくくすぐる。

カーテンの隙間《すきま》からこぼれる光のせいか、少しずつ部屋の中が温められていくのを感じながら、マリアは寝具にくるまったまま目を覚ました。

「朝……」

つぶやき、そして昨日までとは違う朝の様子に少し寂しさを感じた。

誰かが目覚めを確認に来るわけではない。

白漆喰《しっくい》の内装の簡素さは、今まで暮らしていたリエンダール領の館《やかた》とそう遜色《そんしょく》ないくらいだけれど。

そもそも館は、貴族の邸宅にしてはこじんまりとした代物《しろもの》だった。

ガラスの森に接する領地で、そこからの恵みは受け取れるけれど、所有しているのはセーデルフェルト王国。だからガラスの森を領地にしているところより、ずっと収益は少なかったからだ。

リエンダール領の人間は、森の糧《かて》を採取するために外縁にちょっと出入りするぐらいで、ガラスを採取するためには立ち入ることができない。

ただし森を通る川の下流では、ガラスが採取できた。

川を流れてくる細かなガラスの破片や、時に運ばれてくるガラスの木の枝や幹は、貴重な収入源になる。それらを回収し、職人に売る者達が多くいた。

他の領民は農作物を育てる人が多い。しかし土地の肥沃《ひよく》さが足りないのか、それほど裕福ではなかった。

ガラス職人も、アルテアン公国から許可を得た者しか店を出せないので数が少なく、ガラス細工で領地を富ませられもしない。

「お店を出すには、公国のその部署の貴族に付け届けが……って言っていたわね、お養父《とう》様」

わいろを贈る余裕がある領地では、ガラス細工やガラスの品を多く作って、とても豊かになっているのだ。

「……だめね。こんなことを考えても、もう何の役にも立たないのだもの」

そもそもマリアは、まがいものの令嬢だ。

結果として、そのせいでリエンダール伯爵領を出ることになってしまったが、あの頃は、養父も叔父《おじ》も伯母《おば》も、この方法で養女にしても問題はないと思っていた。

なにせリエンダール領は価値が薄い領地だ。いずれ年頃になった時にマリアが結婚するとしても、マリアを望む貴族はないはずだったから。

養父は他領の女性と結婚したが、それは同じくらいのあまり裕福ではない領地の令嬢だったから、実現したことだった。

だからマリアは、養父の親族筋の気の合う男性と結婚することになっていたのだ。そしてリエンダール領を守っていってほしいと、養父や伯爵家一族は望んでいた。マリアもそうなるだろうと考えていたのに。

「公子様からの婚約の話さえなければ……。いえ、今言ってもどうしようもないことよね」

マリアがまがいもの令嬢だったことを隠すため逃げる、という目的はもう達成している。

公子達が、マリアが亡くなったという話を疑ったとしても、マリアは国中のどこを探しても見つからないのだ。なにせ国外に出てしまっているのだから。

「ある意味、修道院に潜伏するよりは良かったのかもしれないわ」

絶対に見つからないという意味では、最高の状況だ。

実は、マリアも一度は国外脱出を考えた。

でも国境を越える時に『リエンダール伯爵領の令嬢と同じ年頃の娘が隣国へ旅立った』ことが記録されてしまう。そこから叔父や伯母が嘘《うそ》をついていると暴かれるのが怖くて、実行できなかったのだ。

「人生、何が吉となるかはわからないし、自分の考え次第……よね」

マリアは亡き実母が言っていた言葉を思い出しつつ、起き上がった。

まずは朝食だ。

食べなければ活力が湧《わ》かない。少しでも口に入れないと、頭の働きも悪くなる。

「問題はあのハムスターだけど……」

今日もいるかもしれない。そう覚悟し、マリアは深呼吸してから台所の扉を開けた。

――カリカリカリ。

昨夜と同じ席に、ハムスターが座っていた。

それはいい。だが机の上にはなぜか緑の葉がついたベリーが手の平一杯分置いてあり、それを見つめながらハムスターがテーブルの端を噛《か》んでいた。

「ネズミ……だからなの？」

姿形がネズミに似ているから、ついかじってしまうのか。

マリアが呆然《ぼうぜん》としながらそんなことを考えていると、マリアの存在にようやく気づいたハムスターがニヤッと笑う。

思わずびくっと肩を跳ね上げたマリアだったが、ハムスターはゆっくりと椅子から降りると、井戸に近い側の扉から出て行ってしまった。

「一体何だったのかしら……。まさか、ベリーをくれるために来たの？」

残されたベリーは、窓から差し込む光の中で赤い宝石のように輝いている。

「ま、まずは水を汲《く》みましょう」

ベリーを洗うにも、水は必要だ。そう思って作業場から、井戸へ出る扉を開けると。

ザバー。

ザババー。

見知った人物が、井戸の前で大きな壺《つぼ》に水を汲んでいた。

その壺は家の中にあったものだ。抱え上げるのがやっとの大きさで、マリアでは、水を入れたら家に戻《もど》せなくなる代物だ。

やがて屈強そうな人物――イグナーツが水を汲み終えて振り返った。

「薬師殿か。今水を運ぶので待たれよ」

「は、はい」

当然のように言われて、マリアはうなずくしかない。

イグナーツはやや重そうではあったけれど、難なく家まで水壺を運んだ。しかも二つも。

「私は仕事があるので、これにてご免」

そう言って、イグナーツは立ち去ってしまう。

「一体なんなの……」

わけがわからない。しかし助かったのは事実だ。

「……気にしないようにしましょう。あとでお礼を言えばいいわよね？」

気を取り直し、マリアは朝食の支度をした。

ハムスターがくれたベリーも、洗って、残っていたスープとパンと一緒に食べた。

そうして食事をしながら、今日のうちに買い足すべき生活必需品を思い浮かべてみた。

「まずは衣類。今着てる物以外にも、いくらか室内着にできそうな物は、前の住人が残してくれていたけれど」

前任者は高齢の女性だったらしく、マリアが着て外に出て行くにはあまりに年齢に合わない。さすがに寝間着や部屋着にするしかない物が多かった。

誰にも見られる心配のない場所ならいいのだけど、人に会うとか、買い物へ出た時に年に合わなさすぎる物を着ていると、悪目立ちしてしまう。

唯一大丈夫なのは、昨日掃除のときに着ていた茶色のスカートと、緑のスカートにブラウスが一枚ぐらいか。

「令嬢だったとは思われないでしょうけど、商売をするのには困るわね」

なので、町娘に見える服がいくつか必要だ。

「あとは食料……。大きな物は届けてもらうとして、一度に沢山《たくさん》買うのは無理だから、衣服や薬の材料を優先させて、三日分くらいをそろえたらいいかしら」

食料も買った後は、乾かすなりして保存できるものを中心にそろえよう。

マリアは買い物リストを紙に書き記《しる》していく。

その後は明るい朝の陽射《ひざ》しがさし込む作業部屋へ入り、掃除をしつつ残っている薬の確認をした。何があるのか、まだ使えるのかを確かめて、これからの生活に必要なものだけを今日中にそろえるのだ。

「ハーブ類はいくらかあるけど。うーん。少し劣化している物が多いかしら」

カモミールはダメになっている。ミントも怪しい。他の材料はそれよりきっちりと密封されていて、まだ使えそうだ。

以前住んでいた薬師も酒に漬け込むようなものは、きちんと廃棄《はいき》していったのだろう。劣化しそうな薬の材料はなかった。

「でも、高価なものが残っているのはなぜかしらね？」

不思議に思いつつ一通り確認したその時、ふっと視界の隅《すみ》で何かが動いたような気がした。

窓を見るが、人影はない。そもそも訪問者なら、扉のノッカーを叩《たた》くはず。

「まさか、また幻獣が来た……？」

マリアはすぐに幻獣を連想した。

しかし窓に近づいて見回しても、何も見えない。体当たりする音も聞こえない。

「気のせいかしら？」

首をかしげつつ、マリアは外出の準備を始めた。

万が一のため、いくつかの薬だけ持ち、他の物は部屋の机の中に仕舞う。鞄《かばん》と懐《ふところ》にお金を分けて入れたのは、ひったくり防止のためだ。

髪は部屋の中に置かれていた櫛《くし》や鏡を使って結び、いざ玄関から外へ出たところで、また怪しい物音を耳が拾う。

――ガサガサガサ。

――ザザッ。

繁《しげ》みをかき分ける音だ。

行ったり来たりしているようだ。そんなことをするのは……。

「人？」

それともハムスターだろうか。

でもハムスターなら勝手に入ってくる。先ほども自分で扉を開けて出て行ってしまったし。

だとしたらやはり、家の様子をうかがっている物盗《ものと》りではないか。

「…………どうしようかしら」

一番いいのは、このまま誰かに報告して来てもらうこと。できれば貸主であるレイヴァルト達だとなおいい。ことが起こった後の始末のためにもそうすべきだ。

だがそれは望めないだろう。まさか泥棒が近くにいた気がする――なんてことを言いに、領主の城へは行けない。

かといって町の警備隊に知らせても……。

「誰も見知った人がいない私が訴えても、かえって私が嘘をついていると疑われてしまいそうだわ」

よそから来たばかりの人間は、警戒されやすい。あちこちの村や町を渡り歩く盗賊もいるので、仕方ないことではあるけど。

幼い頃、そんな感じの疑いをかけられて拘留《こうりゅう》されたことがある。子供でも容赦《ようしゃ》されなかったのだ。あとで母親に助けられて、ものすごく怒られたものだった。

しかしこのままごついて、住み始めたばかりの家に盗みに入られても困る。

考えた末、マリアは玄関の隅に置いてあった火かき棒と、ポケットの中に入れていた薬をひと瓶《びん》取り出した。

棒に瓶の中の薬品を少し塗る。ツンとする匂いがするので、なるべく嗅《か》がないようにしたうえで、マリアは物音がした場所へ近づいた。

まずは家の角にぴったりと体をくっつけて、向こう側をうかがう。

人の姿は見えない。

マリアは草が踏み荒らされた場所を探した。

「――あった」

作業部屋の外にあたる場所、そこから少し離れた繁みの中に、不自然に草が倒れたところがある。

まずは動かず、その周辺に人の姿がないかを目で探した。

すると、木立の奥の方、森へ少し分け入った場所の細い木の先端が揺れるのが見えた。

その辺りは繁みや斜めに伸びる木や蔦《つた》が邪魔《じゃま》して見えない。たぶん人がいるとしたら、その向こうだ。

マリアは火かき棒を構えたまま、物音をさせないよう、遠回りに目的の場所に近づいて行く。

犯人との接触が目的ではない。

顔を見て覚えるためだ。

自分が在宅時にも盗みに入られて、犯人と家の中でご対面するというのが一番危険だ。

その予防のため、通報時に犯人の特徴を伝えられるようにしたかった。

火かき棒とそれに塗った薬品は、万が一見つかった時のためのもの。マリアが逃げる余裕を作るために必要だと思って用意したにすぎない。

戦闘技術などないマリアには、これが精いっぱいだ。

マリアは自分の姿があちら側に発見されないよう、慎重に遠くから、相手を見ようとする。

先ほど揺れていた木は、もう静まり返っていた。

代わりに、再び草や枯葉を踏む音が響いていた。

ここで初めてマリアは、盗人《ぬすっと》と仮定した相手は家や周辺に人がいるとは思っていないのだ、と感じた。

でなければもっと足音に気をつかうはずだから。

周辺に人がいないと思っているのなら、マリアにとっては幸いだ。誰かに見られることなど警戒していないから、近づきやすいし逃げやすい。

マリアは相手の物音に紛《まぎ》れるように足を進めた。

そうして少し森の中へ入ったところに、不思議な物を見つける。

(ガラスの木……だ)

ここは森の外縁部だ。ガラスの木や草はもっと中心部にあるものだと思っていたのに、ぽつんと生えている。

うっそうと茂る丈高い木立に囲まれ、薄暗くなっている森の中、そのガラスの木は周囲の景色に溶け込んですぐにはわからなかったものの、木立が風に揺れた瞬間、降りそそぐ光を弾《はじ》いてその存在を主張していた。

（もしかして、これが目的？）

森のガラスは貴重だ。

ガラスの森中心部に近い場所の木から取れるガラスは、ある一定の加工法以外は受け付けず、熱にも強い。それどころか、鋼《はがね》のような強度を持つ。

王侯貴族や高名な騎士、傭兵《ようへい》などはこの特殊なガラスの剣を持っている。

また、マリアは実際に目《ま》の当たりにしたことはないが、魔法のような効果を発揮する物もあると聞く。

そんなガラスの木の前に、黒髪の男がいた。まだ後ろ姿しか見えないが、この人は特別なガラスを探しに来たのかもしれない。

（でもこれって、正式に許可をもらっているのかしら？）

ぱっと見、肩の下で長い黒髪を結ってまとめているこの男性は、ガラス職人には見えない。

火を扱い、ガラスを加工する職人達は、もっと筋骨隆々《きんこつりゅうりゅう》としているので見間違えることはほとんどないのだ。

採取の時に邪魔になるからか、マントも羽織っていないので、しっかりと若草色の上着も見えて、肩幅も腕の太さも推測できるのでまず間違いない。

（どちらかと言えば、家の中で本を読んでいそうな感じ……。少し猫背っぽいし、たぶんこの

読みは当たっていると思うのだけど）

急に必要になったか、どうしてもほしくなって、森のガラスを取りに来たのでは？

（違法採取……かもしれないわ）

どちらにせよ、顔を確認しておくべきだろう。マリアは少しずつ移動した。

しかし途中で、足が柔らかなものを踏む。

「？」

思わず足を引き戻したのだが、一体何を踏んだのだろう。キノコの群生でもあったのかと思えば。

「ひっ」

マリアは息をのんだ。

踏んだ場所にいたのは、横に寝転がった巨大ハムスターだった。

暗い灰色のハムスターだったせいで、枯葉に紛れて見にくかったようだが……。

昼寝をしていたらしいハムスターは、うっすら目を開けると、マリアを見てニヤリと笑った。

（あ、これ激しくダメな感じが……）

慌《あわ》てて逃げようとしたが、もう遅い。

ハムスターが起き上がり、マリアの持つ火かき棒をめがけて突進してくる。

マリアはとっさに、火かき棒を遠くへ投げた。

（この火かき棒につけた薬に寄ってきているのなら、これを遠くにやれば！）

しかしマリアが投げた火かき棒が落ちたのは、盗人の疑いのある黒髪の男の側《そば》だった。

思った以上に力強く投げた棒は、土が柔らかかったのか、ザシュっと地面に刺さる。

驚いたように振り返った黒髪の男は、火かき棒を見つけるより先に、突撃したハムスターに体当たりされた。

（ああ……）

真後ろに倒れていく黒髪の男。

一瞬見えた顔からすると、二十代の青年のようだ。

眼鏡をかけた線の細そうな青年は、顔をハムスターの腹に覆《おお》われて繁みの中にどっと倒れた。

（……固そうなものにぶつかった音はしなかったから、頭は負傷していないわよね？　怪我《けが》も軽いかも？）

それなら自分は隠れているべきか。

しかし行動するより先に、予想通り軽傷だったらしい黒髪の青年は、飛び起きて貼りついたハムスターをひっぺがし、マリアの方を向く。

彼の方がすでにこちらを発見していたようだ。

改めて火かき棒に絡《から》みつき始めたハムスターをよそに、青年は目を吊《つ》り上げてマリアに言った。

「あなた、僕の後をついてきたんでしょう！」

「え？」

マリアは首をかしげる。

たしかに彼の姿を見かけて追跡はしたけれど、どうも青年の言いたいこととは意味が違う気がしたのだ。

すると青年は勝手に早合点したらしい。

「金になると思って、こちらの行動を監視でもしていたのでしょう。卑怯《ひきょう》な！」

いいえ、すぐそこの家に住み始めたので、近くを歩いていたあなたの物音に気づいただけですが。とマリアは言いたかった。

しかしこの人は盗人かもしれないので、自分があの家に住んでいることは秘密にしたい。どうしたものかと迷っているうちに、青年はおかしなことを言いだす。

「譲りませんよこの木は！　せっかくの貴重な瓶を……」

「瓶？」

何のことだろうと思ったが、それ以上彼から聞き出すことはできなかった。

ザッザッと、枯葉を踏みしめて歩く音がしたからだ。

まだ遠いが、重たげな感じや音から想定できる歩幅から、男性に間違いない。

するとマリアに抗議をしていた黒髪の青年は、慌ててその場から逃げた。それはもう鮮やかに、まっすぐにマリアの家の方へ走り、繁みから早々に出て行く。

木立の向こうに見えたその姿は、すぐに家から町へと延びる道の向こうへ消えた。

「やっぱり盗人だったのでは？」

鮮やかな逃げっぷりに、マリアはぽつりとつぶやいてしまう。

人が来た音で逃げるのは、後ろ暗い人間だけだ。そしてマリアが弱そうな女だから、圧倒したら言い逃れできると思ったのかもしれない。

「……まぁ、とんでもない人だったわね」

つぶやきながら、マリアは次にあらわれるだろう人物から、自分も隠れようとした。

別口の盗人だった場合、自分自身が危険だと思ってのことだったが。

「マリアか」

やがて聞こえた声は、レイヴァルトのものだった。

「殿下……？」

マリアの家とは違う方向から、レイヴァルトがあらわれた。

彼はマリアの側で立ち止まると、黒髪の青年が逃げて行った方向を見る。

「今のは？」

「盗人かと疑いまして、顔だけは確認しようと思ったのですが……」

答えたマリアに、レイヴァルトが表情をくもらせる。

「そういう時は、無理をしないように。君が危害を加えられる可能性もあるだろう？　何か盗まれたなら、こちらで補償してもいいから」

「承知いたしました。今度はそのようにいたします」

うなずいたマリアを見て、彼はほっとした表情を見せる。

(心配してくださったんだ)

昨日会ったばかり……いや、拾ったばかりの見知らぬ娘に、ぽんと家を貸したあげく心配もしてくれて、すごくいい人だとマリアは思う。

(だけど、王子様がそういうことをするとは思わなかった)

アルテアン公国の公子とは、そもそも会ったことがない。

その年に成人する貴族子女が集められてのパーティーの時に、遠目に見かけただけだ。

婚約の打診にしても、マリアの方から伺候《しこう》せよという召喚状《しょうかん》が来ただけで、本人が何をどう思っているのかという手紙一つなかった。

もっと言うなら、領主を病で失ったことにも言及はなく、マリアは落胆したものだ。

アルテアン公家一族にとって、木《こ》っ端《ぱ》貴族は自分達に従うだけのもので、配慮する必要を感じないのだと。だから大国の王子であるレイヴァルトが、こんな風に細やかな配慮をしてくれることに驚いてしまう。

(もし、公子がこういう人だったら……)

そして自分を愛したから結婚を申し出てくれたのだとしたら。逃げずに結婚をするか迷っただろうが……。

(いえいえ。どんないい人でも、万が一にも叔父様や伯母様に迷惑がかかることを思えば、秘密を知られないように逃げるしかなかったわ)

思い直したマリアは、次に違うことが気になった。

（そもそも、なぜ一人きりで出歩いているのかしら）

緊張感から解放されたマリアは、ようやくそこに気づいた。視線をめぐらせても、イグナーツやラエルの姿はどこにもない。王子がそれでいいのか。

当のレイヴァルトの興味は、目の前のガラスの木に向けられていた。

「原因はこれなんだね」

マリアも、改めてガラスの木を見る。

森の中心部にあるものと違い、透明に近い色のガラスの木だ。まだ若木らしく細いが、マリアの背丈の二倍の高さがある。

枝には細長いガラスの葉が伸び、その合間に、円筒状のガラスがくっついていた。

「あれは……実？」

ガラスの木に、ガラスの実が生《な》るのは知っている。

昔、ブルーベリーのような色をした手の平の上に乗る丸いガラス玉を見せてもらったのだ。

中は空洞。枝にくっついていた部分に穴があり、そこから中に物を入れたりできる。

実際に生っているところを見るのは初めてだ。

「瓶がそのまま生ってる木って……」

円筒状の、片手で握れる小さな瓶が木にぶら下がっている。実らしい形すらしていないのが不思議で、マリアは何度も目をこすってしまった。

そんなマリアの仕草にレイヴァルトが笑う。

「見るのは初めてかい？」

「はい。薬師なので、調合用の杯《カリス》を使ったことはあるのですが……」

調合の時、薬師達はガラスの杯《カリス》を使う。

口が広がった深めの杯《さかずき》の形をしたものなので、杯《カリス》と呼ばれている。

材料が馴染《なじ》みやすくなるし、精製も杯《カリス》を使わなければ上手《うま》くできない。しかも毒と薬を一緒に入れて反応を見れば、その薬が毒に確実に効果をあらわすかどうかも調べられるのだ。

また、ガラスの色によって用途が違うので、薬師なら杯《カリス》を最低でも二つは持っている。マリアも元々杯《カリス》をいくつか持っていたが、それは修道院へは持ち込めないだろうと、叔父に譲ってしまっていた。高価なものなので、領地運営の足しになると思ったのだ。

「杯《カリス》は全て、ガラスの木から採取された物だからね。これは……おそらく光の効果が強いものだろう。杯《カリス》とは違う使い方になるが、全て取って家に置いておくといい。これが盗人の目的なら、次に生るまでは来なくなるはずだ」

「次に生るまで、どれくらいかかるのですか？」

「およそ一ヵ月かな。その木にもよるけどね」

なら、一ヵ月は先ほどの人は取りに来ないだろう。それでもマリアは心配だった。

「実が全てなくなったら、怒鳴り込んで来ないでしょうか」

自分がほしがったものを取り上げられたと思って、逆上されては困る。

しかしレイヴァルトはなぜか面白そうに口の端を上げた。

「格好からして、君はこれから出かけるんだろう？　薬の材料なんかを買いに」

「？　はい」

マリアはうなずく。その通りだが、なぜそんなことを聞くのだろうと、マリアは困惑した。

「ではついでに、怒鳴り込むのも先に防止しておこう。一緒に町へ行こうか」

なぜ怒鳴り込み防止に、レイヴァルトと町へ行くのか、意味がわからない。でもマリアはこのキーレンツ領に来たばかりだし、何か解決できる方法があるのかもしれない。

レイヴァルトは解決してくれる気のようだし、従うことにしたものの。

「殿下にそこまでしていただくわけには……」

むしろレイヴァルトの部下にあたる人を紹介してもらえたら、そちらに頼めばいいのではと思ったのだが。

「君のために私ができることをしたいんだよ。好きになってほしいからね」

「え」

好きにって、どういうこと？

心臓が強く拍動《はくどう》して、息が詰まるような感じがした。

（やだ、私ったら驚きすぎ）

冷静にそう思いつつも、マリアの体は相反して硬直してしまう。

だって、年の近い男性からそんなこと言われたことがないから……。だからこんな風に、真意を知りたくなってしまうのだ。なんて思っていたら。

「この町も、町の人も、森も全部ね」

すがすがしいレイヴァルトの笑顔に、マリアは心の中で思う。

（あ、ですよねー）

壮大な勘違いをする前で良かった……。心底そう考えつつ、マリアはレイヴァルトと一緒に町へ行くことにしたのだが。

「殿下、お付きの方はいなくても大丈夫なのですか？　どこかで待ち合わせをしていらっしゃるとか？」

気になっていたことを聞いてみると、レイヴァルトは「いいや」と応じた。

「いつも一人で出ているから大丈夫。むしろ昨日は、森の監視のためにも身分を明らかにしなければならなかったから、イグナーツ達を連れていただけなんだよ」

穏やかな口調で説明される。

（でもやっぱり王子が一人でいるなんて変……）

そう思いつつも、マリアは何も言わないことにした。

なにせ自分の知らない国へ来ているのだ。こちらにはこちらのルールがあるのだろう。

マリアは火かき棒を回収して家に戻し、それからレイヴァルトと二人で出発した。

家は、森へ続く緩やかな丘の上にある。そこから町までは、てくてく歩くこと五分ほど。

町はリエンダール領のものより規模が大きい。

城下町だからかもしれないし、ガラスの森の恩恵を受ける町だからかもしれない。

町の周囲には人の背丈ほどの煉瓦《れんが》の塀《へい》がめぐらされ、その上に家の屋根が無数に見える。家はほとんどが、黄色っぽい煉瓦造りだ。

太陽の光を浴びる家の壁が、とても温かそうで、見ていると明るい気持ちが湧いてくる。

家々の間には、ぽつぽつと高い建物もある。集合住宅かもしれない。人口が多い証拠だ。

煙突が林立して煙が立ち上る場所は、職人の工房が固まっている場所ではないだろうか。ガラス職人が沢山いるに違いない。

中央には教会の尖塔《せんとう》がそびえ立つ。

ちょうど朝から二刻経《た》った頃だったのか、尖塔の鐘が鳴り響き、深い音色がマリアの元まで響いてきた。

ふと丘を下ってしばらく行ったところで右手を見れば、森の西端に接するように赤茶色の城が見える。

(あれが、キーレンツ領のお城だわ)

高い城壁のある城だ。壁の四方には物見の塔。そして一際高い円柱状の主塔と、その周辺にある棟の無数のアーチ窓が遠くからでもわかった。

ここに城があるのは、かつて紛争が多かった名残《なごり》なのだと思う。

ガラスの森の側というのは、以前はもっと危険な場所だったのだ。時には幻獣とも戦わなければならなかったし、ガラスを求めて争いが絶えなかったから。

そう、薬師であった母に聞いている。

母は色々な町を旅してきたので、様々なことを知っていたのだ。

ようやく町に入ると、一気に視界に映る人の姿が増えた。

「にぎやかですね」

町の中央を貫く通りは、左右に店が林立して呼び込みの声も高らかだ。そよ風に揺れるのは、店先に出した目印の旗や、軒先へ張り出した色鮮やかな雨避《よ》けの布。

人を寄せるためか、鈴やガラスの鳴り物がシャラシャラと音を奏でて、軽やかな雰囲気を作っている。

人の数も多い。

目的地へ急ぐ人とは別に、店を冷やかして歩く人や、買い物かごを手に下げた人、店に荷物を運ぶ人など沢山の往来があるせいか、とても盛況に見えた。

そんな光景の中に飛び込むと、ふいにマリアは幼い頃のことを思い出す。

母親と色々な街を旅した頃、よく手を引かれてにぎやかな通りを歩いた。

マリアの母親は、定住地を持たない薬師だったのだ。

どんなに左右を見回していても、母親と手を繋《つな》いでいる限りは安心だからと、思う存分興味を引かれたものに目を向けていられた。

しかし今は一人だ。

(町を歩くなんて久しぶりだわ)

伯爵令嬢になってからは、田舎《いなか》の領地とはいえ、一人きりで出歩くことはあまりなかった。必ず召使いのおばさんや、同じ年の女性がついていてくれた。

それは領内の病気の人を診る時もだ。

薬などを持ち歩くのはけっこう大変なので、馬車で移動させてもらうのが常で、なおさら一人での町歩きからは遠ざかっていた。

だから緊張する。

でもそれ以上に気になるものを見つけてしまい、立ち止まった。

「あれ……は……」

人波の合間に、ひょこっとあらわれる背丈の低い存在。

子供くらいの大きさではあるが、ふわっとした毛におおわれた、横幅が広くて手足の短い、遠目だと可愛《かわい》いあの生物は。

「なぜ、ハムスターが」

しかも道行く人が、全く気にしていない。

気にせず横を通り抜け、邪魔なところに立っているハムスターは「よっこいしょ」と両脇《りょうわき》を持ち上げて移動させられていた。

「あらハムちゃん、飴《あめ》ちゃんいるかい？」

なんてお菓子を与えているおばさんまでいる。

たまに旅人らしき人が、ぶつかってぎょっとしている。おそらくマリアと同じように、ハムスターが当然のように歩き回っていると知らなかったのだろう。

「何か気になったかい？」

「あの、あの、あれは……」

マリアがハムスターを指さすと、レイヴァルトは「ああ」と軽く答える。

「ハムスターだね」

「幻獣ですよね？　なぜ町中に？　そもそもどうしてみなさん気にしないんです⁉」

おかしい。

ガラスの森横のリエンダール領では、ずっと小さなハムスターを時折遠くに見かける程度だった。川と森を隔てただけのセーデルフェルト王国でこんな状態になっているなんて、聞いたこともない。

「以前から、時々は町にやってきていたみたいだよ。ここ半年ぐらい前から多くなったらしくて。餌付《えづ》けされたのかなと、町長は言っていたけれど」

「餌付け……」

よく見れば、ハムスターは時々通りすがりの人から何かしら物をもらっていた。たいていがお菓子だが、りんごをもらってシャクシャクとかじっている個体もいる。

完全に食べ歩きの体勢だ。

「特に何かするわけでもなく、町中をうろついて、もらった物を食べるだけだからね。時には人の家や店にも入っているけれど、子供に遊ばれてものほほんとしているから、危害を加えないようにと町民に知らせた上で、放置しているんだ。あれでも幻獣だから追い払うのは難しいし……。そうか、君は彼らにさらわれたから、気になっているんだろう。でも」

レイヴァルトはもう一度、周囲のハムスターの様子を見まわす。

「君を気にしている個体はいないね。ただ心配なら、人も多いから手を繋ごうか」

レイヴァルトはごく自然に手を差し伸べてくれる。それならハムスターに拉致《らち》されそうになっても、すぐ気づいてもらえるだろう。

マリアはその手を掴《つか》もうとしたところで、ハッと気づいた。

恩があるとはいえ、会ってまだ一日の異性と手を繋ぐのはどうなのか。

(私……心が弱ってる？　見知らぬ土地で一人きりになったから、つい頼れそうな人の手を掴みたくなったのかしら)

思わず手を引こうとしたけれど、その前にレイヴァルトに掴まれてしまう。

「あの……」

「大丈夫だ、見ているといい」

不思議なことを言い出したレイヴァルトは、上着のポケットから黒くて丸い玉を取り出す。

あれはもしや、昨日拾ったマリアの薬ではないだろうか。

レイヴァルトがそれを差し出しつつハムスターに近づく。

するとハムスターは匂いに気づいて、勢いよくレイヴァルトの方を見たが……すぐに逃げ去った。

「…………ほら、君の薬があっても、私と一緒にいればハムスターは絶対近寄れないはずだよ」

そう言いつつも、レイヴァルトはとても悲しそうな目でハムスターが去って行った方向を見ていた。

（まさか、幻獣を懐《なつ》かせるために私の薬を拾ったの？）

それなのに寄って来るどころか逃げられるとは。彼の表情を見てしまうと、なんだかこちらが涙してしまいそうだ。

「昔はこうじゃなかったんだけどな」

寂し気につぶやくところがまた、涙を誘われる。

気の毒になったマリアは、レイヴァルトの手から逃れるのをやめた。

「最初に行くのはどこだい？」

レイヴァルトがなに一つ気にしていない風に振り返る。ますますかわいそうになったマリアは、気づかないふりをすることにした。

「では、衣服のあるお店へ。古着の店をご存知ですか？」

王子様だから、そこまで把握《はあく》していないだろうと思いつつ聞いてみたが、彼はあっさりとうなずいた。

「わかった。こっちだ」

手を引いたまま進み出すレイヴァルトに、マリアはついて行くことになる。

しかし手を繋ごうと思うとは……この人は、まさか自分を子供だと思っているのか？　と首をかしげる。しかし子供に家を貸す人間はいないだろう。

（一体なにを考えているのかしら）

不思議だが、でも助かっているのは間違いない。とにかく彼を不愉快にさせたくないマリアは、そのまま黙って歩く。

間もなく古着屋へ到着した。中央通りから一本小道に入った場所だったので、マリア一人では見つけられなかったかもしれない。

その古着屋で、マリアは必要になりそうな服を買い込む。その間、レイヴァルトは店の外で待っていてくれた。

（王子様にこんなことさせて、本当に大丈夫なのかしら）

不安になったマリアは、ちらちらと窓の外に見えるレイヴァルトの姿を確認してしまう。

イグナーツがその姿を発見して、怒鳴り込んできそうで怖い。

すると、持参していた布袋に服を入れてくれていた店主のおばさんが笑う。

「あの方が誰なのか、お嬢ちゃんはわかってるんだね」

「ご存知なのですか？」

むしろ今まで歩いていても、道行く人が「王子だ」なんてささやいていることがなかったので、マリアはレイヴァルトの顔を誰も知らないのではと思っていたぐらいだ。

「もちろんさ。町の人間全員が見知っているわけじゃないがね。あの方はガラスの森の管理のために、度々《たびたび》職人達とも顔を合わせているんだ。そういう時はね、兵士や騎士が森にいるからいつもより安全なんで、職人じゃない者も森に入って木の実の採取をするんだよ。その時に職人以外の者も、あの方をお見かけするからね」

おばさんの言う通りだ。領主になって以来、沢山の人間と会っているから、知っている者も多いだろうに……。

「町の人は、あまり反応していなかったように思うのですが」

ほぼ、ハムスターと同じように見て見ぬふりをされていた。

「慣れたんだよ。殿下がこちらに赴任されてからしばらく経っているからね。それに、こちらへ来た経緯もお気の毒ではあるし……みんな同情して、殿下が一人で町に下りてきている時には、そっとしておいているんだ」

「何かご事情が？　私、昨日この町まで来たばかりでして」

その言葉に、マリアがレイヴァルトの事情を全く知らないことがわかったおばさんは、声を潜《ひそ》めてカウンターの向こうから身を乗り出した。

「王位争いだよ」

「王位……ですか」

それはまたきな臭そうなと、マリアは心の中でつぶやく。

ただレイヴァルト王子は、長兄だったはず。

(そうよね。どうして第一王子が、ガラスの森があるとはいえ辺境の領地にいるのかしら)

マリアは自分の記憶をさらう。

たしかレイヴァルト王子の話を聞いた時、不思議だとは思ったのだが……。なぜそれ以上養父に聞くことがなかったのか。

（そうだ。第二王子もどこかの領地に赴任しているからだわ）

どちらも領地の運営を任されているのであれば、セーデルフェルト王国の王室の慣習なんだろう。そう思っていたのだ。でもおばさんの口調によると、どうも違うみたいだ。

「王子様は二人とも、王都を離れておいでなのでは？」

「弟君の方はね、王都に近い領地を治めることになったんだ。しかもそれほど遠くないからと、ご本人は王都にいるんだとさ。そもそも、第一王子殿下は父上が違うんだよ」

「王子様達は、異父兄弟なのですか」

おばさんはうなずいた。

「一度結婚なさった女王陛下は、夫君に先立たれたんだ。それと前後して、王太子だった兄君が亡くなって、即位されることになったんだよ」

レイヴァルトは彼女の子供に間違いないので、そのまま王子となった。

でも女王は執政について勉強してきていないので、国の運営は難しい。なので再婚することになった。それが再婚相手の王配《おうはい》だが、王配が宰相職《さいしょう》について国を運営しているのだとか。

その宰相の息子が、第二王子だ。

「……複雑ですね」

またずいぶんと込み入っている。

しかしそれで、レイヴァルト王子が辺境の領地にいる理由も、おばさんが同情している理由も理解できた。

年齢順ならば、レイヴァルトが次の王だ。

でも宰相はもちろん、我が子を優先したいはず。

さらに辺境に追いやられたところを見ると、母である女王も、レイヴァルトをそれほど重要視していない可能性が高い。

「ところで、殿下がどうしてあんたの買い物について来ているんだい？」

おばさんが話題を変えたので、マリアはなにげなく返事をした。

「実は森近くの家を貸していただきまして……」

マリアが答えると、カウンターの奥にいたおばさんが言った。

「お前さん青の薬師様になるのかい!?」

「青の薬師とは？」

おばさんの勢いに押されつつも問い返すと、おばさんは「ん？」と悩む表情になる。

「知らないのかい？　あんた薬師じゃないの？」

「薬師として仕事をしようとは思っていますが、実はわけあって通行証をなくしたところを王子殿下に発見していただきまして。それで、同情して家を貸してくださったのです」

「同情？」

マリアの話を聞いたおばさんは、「わかっちゃいないね」とばかりに肩をすくめて見せる。

「あそこは代々、おえらい薬師が住んでいた家だよ。青の薬師様は、ガラスの森に自由に入れる特別な許可をもらった方でね。今まで何人も、見込みのありそうな高名な薬師様が住んだがね。青の薬師の称号が得られないとわかると、さっさと出て行ったんだが……」

「そんな家だったんですか」

初めて知る事実に、マリアは目を丸くする。

「でも私、三ヵ月ほど滞在させていただいたら故郷に帰るつもりで……」

「そうなのかい？　だとしたら、期間限定だからあの家を貸したのかねぇ」

マリアは家についての謎は置いておき、とにかくおばさんに礼を言って店を出たのだった。


店を出ると、待っていたレイヴァルトがすぐに振り返る。

「次はどこへ行くんだい？」

聞かれて、マリアはためらう。

貸してもらった家のことや、青の薬師とは何なのかを聞きたい。しかし、レイヴァルトの身の上からその話へ流れたことについて、どう誤魔化《ごまか》すか。

考えているうちに、レイヴァルトに急《せ》かされてしまう。

「早く次に行かないと、日が暮れてしまうよマリア」

そこでマリアは質問を後回しにして、必要なものを買うことを優先した。

次に雑貨屋で蜂蜜や砂糖、酒を頼み、自分の食糧として購入した小麦粉の袋と一緒に届けてもらうことにした。

が、ここでも店主に驚かれた。

「え、今代の青の薬師さんですかい⁉」

他に客がいなくて助かった。そう思うぐらいに、細身の老店主は大きな声で叫んだのだ。

しかも老店主は、ぶるぶる震えている。

どこが原因かと思えば、足ががくがくと細かに動いていた。病気で震えているのではなく、驚いたせいだろうとは思うが。

老店主の視線は、まっすぐにレイヴァルトに向けられている。

「ほ、本当でございますか王子殿下。とうとう、三十年ぶりに新しい青の薬師が……」

「いや。彼女は一時保護した人なんだ。住むところがないから三ヵ月だけ家を貸すことにしただけで、そこまで深い意味はないんだよ。今までにも、あの家に住んだ薬師は沢山いただろう？」

穏やかに返すレイヴァルトに、老店主は肩を落とした。

「青の薬師ではないのですか……。たしかに普通の薬師様も住んでいたこともありましたな」

がっかりした表情をされると、マリアは自分が悪いことをしているようで、申し訳なくなる。

「青の薬師様がいれば、わしの足も良くなるかと期待してしまいましてね」

こんなにも老店主が期待したのには、理由があったようだ。

「すまない。でも彼女も薬師ではある。運が良ければこのまま町に滞在してくれるだろう」

「そうしてくださると嬉《うれ》しいですね。このお嬢さんなら、安心して相談できそうですよ。……最近来た薬師は、どうもとっつきにくくて。一生懸命なのはわかるんですがなぁ」

老店主は苦笑いする。

「王都で優秀な薬師の弟子をしていたと聞いたよ。それなりに腕はいいんだろう？」

「そこそこですかな？」

老店主は厳しい評価を下し、ニヤリとした。

「わしの足を治せるほどではありませんがね」

「青の薬師が必要なほどの病なら、誰にだって無理だろう。しかし、あそこが青の薬師の家だと、町の者全てが知っているのかい？」

レイヴァルトの問いには、老店主は首を横に振った。

「いいえ、古い人間だけですよ。私と同じ年の人間はもう数が少ないですし、記憶が飛んでる者もいますからね」

はっはっはと笑う老店主に別れを告げ、マリアは店を後にして、また道を歩き出す。

それから、この流れなら質問しても不自然ではないだろうと、気になっていたことを聞いてみた。

「すみません殿下、青の薬師とは何ですか？」

「ああ、君は知らなかったよね」

立ち止まったレイヴァルトは、マリアに小声で教えてくれる。

「青の薬師というのは、あのガラスの森の奥まで自由に出入りができる薬師のことなんだ」

「森の奥まで……ですか？　でも幻獣がいますし、ガラス化するのでは？」

「幻獣は、青の薬師を襲わない。そしてガラスになることはない。それができる薬師に与えられる称号なんだよ」

幻獣除《よ》けと、ガラス化を防ぐ薬が作れるのだろうか？　もしそうだとしたら、たしかにすごい薬師と認められるだろう。

（一体どんな材料を使って作るのかしら）

つい興味を覚えたマリアの耳に、レイヴァルトがささやいた。

「あの家には、青の薬師のレシピが残っているはずだよ」

「えっ⁉」

思わず振り向くと、すぐ側にレイヴァルトの顔があった。

彼はからかうような笑みを浮かべてマリアを見ている。

「薬師はみんな、レシピを知りたがると聞いている。君もきっとそうだろう。探してみるといい」

「でも、私が森の奥へ勝手に出入りできるようになったら、お困りになるのでは？」

ガラスの森は、資源であふれている。

先ほど家の側にあった木のように、実用的なものが実っていたり、木そのものが高級な素材となる。幻獣と遭遇《そうぐう》する危険の他にも、高価な物が採れるから出入りを制限していると思っていたのに。

「それができるようになったら、誰も君を止められない。君に『青の薬師』の称号を与えるだけだよ」

「でも、私は三ヵ月だけいる予定で……」

帰らなくてはならないのだ。

恩を受けた叔父や伯母に顔を見せて、無事だったと安心してもらわなくては。

「称号と、君がいるかどうかは別だ。それに……もし三ヵ月の間に君が心変わりしたら、できる限り長くあの家で薬師として勤めてほしいと思っているよ」

その言葉に少し心が温かくなる。

レイヴァルトはマリアに薬師になってほしいと言ってくれたのだ。

こんなに嬉しいことはないし、隣国セーデルフェルトなら、可能だろうという気持ちもある。

――だけど。

うつむいてしまうマリアに、レイヴァルトは言う。

「でも君は、おそらく家族の元へ帰りたいんだろう。そもそも、あまり荒れてない手や着ている衣服の質からして、裕福な家の娘なのはわかっている。なのに薬が作れるというのだから、かなり羽振りのいい薬師の娘か……もしくは裕福な商人、下級貴族の家の娘か。君が複雑な背景を持っているのは、気づいていたよ」

マリアは驚いてレイヴァルトを見上げた。

多少は悟られていても、仕方ないとは思っていた。それでも、こんなにも真実に近いところまで推測されているとは。

「だから君は、大人しく通行証を得る方を選択したんだろう？　問題を起こすと、君の親族にまで影響が及ぶから。でも……」

レイヴァルトは言葉を切り、マリアに真剣なまなざしを向ける。

「万が一にも昨日のように死にかけた幻獣がいた場合には、君の薬をあげてほしいと考えているんだ」

そこでマリアは息をのむ。

自分の薬で治った幻獣。あの様子を思い出して、人以外に自分を求める存在がいたことを再認識した。

一体何が良かったのかは、今でもわからないが……。

さらに増していく薬師として生きたい気持ちと、帰って恩を受けた人々を安心させることの板挟みで、マリアは黙り込んでしまう。

だって、一度アルテアン公国へ戻ってしまったら、そう簡単に王国へは戻れない。路銀を無心するなどもっての外《ほか》だし、マリアは薬師として稼ぐことはできない。

帰りの路銀を稼ぐ術《すべ》はないから、修道院へ行くしか手がなくなるのだ。

黙り込むマリアに何か事情があると思ったのか。レイヴァルトはすぐに話を変えた。

「さ、君の買い物を済ませよう」

マリアは気を取り直して買い物を続けることにした。

薬の材料を売っている店へ移動する。

さすがにこちらはレイヴァルトも門外漢だったので、マリアが道行く人に聞いて店を探した。

そうして入ったのは、様々な薬品が置いてある店だ。

薬師が作った薬を材料と一緒に売っている店で、ジンジャーやバジルやローズマリーのような基本的な物以外にも、咳《せき》に効くエフェドラ、解熱や痛みを抑える作用があるプエラリアやウィローなどの専門的な材料がそろっている。

全てしっかりと乾燥していることを確認し、マリアは購入をした。

あまり多く買う必要はない。売れ行きを確認しなくては、大量に薬だけが余ってしまうから。

そのせいか、レイヴァルトに不思議そうな顔をされた。

「それで十分なのかい？」

「望んだ分が売れるとは限りません。甘い目算で材料を買い込んで、売り上げがないと、三ヵ月間の生活費がなくなってしまいます」

幸い、マリアは平民の頃の金銭感覚を失ってしまうことはなかった。なのでつましく生活することはできるが、それでも三ヵ月間、私物が一切ない状態から生活を始めるのだから、かなりのお金がかかる。

レイヴァルトはそんなものなのかと、納得してくれた。

とにかく材料はそろった。当面の生活ができるだけの物も買った。

さて帰ろうと店を出て数歩のところで、マリアは人にぶつかりそうになってしまう。

「あ、すみません」

「失礼」

マリアが謝り、同時に相手も驚いたように謝罪しながら退《ひ》いた。

「私の不注意ですみません」

そう言いながら、一体どんな人にぶつかりそうになってしまったのかと見れば。

「あ！」

思わず声を上げてしまう。

長い黒髪を結った、細い緑の眼鏡に線が細そうな青年だ。薬の処方の際には、必ず胃薬を添えることと注意書きをしたいその顔は、マリアの家の近くで、ガラスの木の側にいた人物に間違いない。

「ええと失礼します」

とにかくレイヴァルトに知らせるにしても、離れて安全を確保してから……と考えたが、その前に当人にがしっと手首を掴まれた。

「あなた、青の薬師様の家の周辺をうろついていた人ですね⁉」

「うろついていたというより、住み始めたのですが」

「なぁあぁぁあああああっ!?」

素直にマリアが答えると、青年は目をこれでもかとかっぴらいた。

「嘘でしょ、嘘ですよね!? 嘘だと言ってくださいよ!」

「え、ちょっと」

掴みかからんばかりの勢いで身を乗り出されて、マリアは思わず避けようとした。そんなマリアの襟首を、青年が掴もうとしたけれど。

「ダメだよ」

レイヴァルトがその手を離させてくれた。

「いっ……!?」

マリアには黒髪の青年の手首を掴んだだけに見えたが、黒髪の青年は痛かったらしく飛びのく勢いでマリアから離れる。

抗議するつもりだったのか、まなじりを上げた黒髪の青年だったが、レイヴァルトの顔を目をまたたいて見直すと、驚いた表情に変わった。

「え、レイヴァルト殿下?」

「そうだよ。君は薬師のクリスティアンだったね?」

「は、はい……」

盗人疑惑の人が、薬師だったとは。でも納得できる話だった。

(ガラス瓶をほしがるのは、売りたいからってだけじゃないものね。使いたい薬師が採取した

がってもおかしくはない）

なにせガラスの森が目と鼻の先にあるのだ。自分で手に入れられるのなら、マリアだってそうしたくなるだろう。

家に盗みに入るのが目的じゃなかったとわかったマリアは、内心でほっとする。

その間にも、レイヴァルトと薬師クリスティアンの話は続く。

「彼女があの家に住んでいるのは、私が貸したからだよ」

「そんな……」

ざーっとクリスティアンと呼ばれた青年の顔から血の気が引く。

だらりと腕が下ろされ、がっくりとうなだれた。その様は、いつだったか絵物語で見た死霊のようだ、とマリアは思った。

なんて考えていたら、意気消沈していたクリスティアンが、むくっと顔を上げてマリアを睨《にら》んだ。

「いいですか！　あの家に住めるからといって、おごり高ぶられては困るのです！　あなたは青の薬師ではないのですからね！」

「……はぁ」

全くそんな気はありませんし、やむなく選択したのですが……。そう言いたいけれど、話を聞いてくれそうにないので黙っておく。

気の抜けた返事のマリアにかまうことなく、クリスティアンはとうとうと語り始める。

「僕はあの家に住み、偉大なる青の薬師の名を継ぐために、金枝の称号を得るべく日夜薬の研究をし、週に数度はガラスの森に挑戦し続けているのです！」

「森の中で幻獣に会ったりしないんですか？」

危なくないだろうか。

思わず聞いてしまったマリアに、クリスティアンはわっと自分の顔を両手で覆った。

「会えないんですよ！　会って私が幻獣にも受け入れられているという証明がほしいのに！」

レイヴァルトが、なぜかクリスティアンに同情的な表情になった。きっと幻獣に避けられる自分と同志だと思ったのかもしれない。

「その……ハムスターには会っていらっしゃるようですが」

いつの間にかクリスティアンの足に、三匹のハムスターがしがみついていた。これはもはや好かれている域にいるのでは。

「これは範囲に含めません！」

クリスティアンの叫びに、レイヴァルトがショックを受けたように目を見開く。このハムスターにさえ近づいてもらえない彼に、クリスティアンの考えは全く理解できなかったのだろう。

本当に気の毒な人だ。

そして言い切られてしまったハムスターの方は、やや寂しそうな顔になる。両手の隙間からハムスターの表情を見たクリスティアンは、ハッとしたように慌てて言いつくろった。

「あの、あなたたちは自分で町に出てくるではありませんか！　私は人間好きの幻獣ではなく、人を避けている幻獣ともですね、よしみを結びたいんですよ！」

違う違うと手を振って主張するものの、色々言われたハムスターの方は、「よくわからない」と首をかしげた。

それでも悲し気な顔をしなくなったからか、クリスティアンはほっとしてマリアに向き直る。根本的には悪い人ではないのかもしれない。

「とにかくガラスの森から出て来ない幻獣に、受け入れられるため努力もしているのです！」

「……左様《さよう》でしたか」

マリアはそこで話題を変えることにした。

「ところで、金枝を目指していらっしゃるんですか？」

噂《うわさ》には聞いていた。

セーデルフェルト王国の薬師は、その研究の結果により金枝、銀枝の称号を薬師に与えているらしい。ようは、薬への造詣《ぞうけい》の深さを証明するランク付けなのだ。

薬を売るだけなら称号はいらないが、貴族のお抱え薬師になりたいのなら、必須らしい。

「そうですよ。私はすでに銀枝を持っています。私が銀枝を受けた研究というのが、食欲に関する研究でして。不健康ではなく食欲を減衰させる効果があるものについて研究したのです」

貴族の貴婦人方が飛びつきそうな話だ。結果、彼は食欲を抑える薬を作れたのだろうか？

疑問には思ったが、それよりマリアには聞きたいことがあるので、そちらへ誘導する。

「食欲。ということは、胃腸の薬などへの造詣は深そうですね」

「もちろんですよ」

「ありがとうございます。お腹の薬が得意なんですね。棲《す》み分けをしたいと思っていたので、教えてくださってありがとうございます」

マリアはポケットに入れていた紙と木炭筆を出し、メモをしていった。きちんと覚えておいて、迷惑にならないようにしたい。

そこでクリスティアンがなぜか苦虫をつぶしたような表情をした。

「教えたつもりはないんですよ！　私だって熱冷ましや痛み止めは作れます！」

「怪我のたぐいは」

「基本的な物なら大丈夫ですよ」

「なるほど」

マリアはうなずきながらそれもメモする。

「では私が売る薬は、風邪の予防的なお茶とか、毒蛇や毒草の対処薬とか、ちょっと特殊な怪我の薬とかそういったものを中心にしていけば競合しないでしょうか」

「そうかもしれない……ってあなた人の話聞いてます⁉」

クリスティアンに叫ばれ、マリアは首をかしげた。

「聞いていますけれど、そちらも私の話を聞いてくださらないので、私の聞きたいことだけつまみ食いしています」

「なっ……」

ストレートに『人の話を聞かないのはお前もだ』と言われたクリスティアンは、わなわなと口元を震わせた。

ああ、本当にこんな風に口をわななかせる人がいるんだなと、マリアは思わず観察してしまう。

でもそんな悠長なことをしていてはいけない。話を聞いてくれている間に、こちらの主張をしておかなければ。

「後日、町で薬を売りたいと思っているのですが、良いお薬を作れる方がいるのでしたら、その方と競合しない薬を作りたいなと思っておりました。その方がご迷惑にならないと思うので。だから、ちょうどクリスティアンさんとお話しできて良かったです」

「そりゃあ、僕の邪魔をしてほしくはありませんがね」

ぶすっとした表情のクリスティアンに、マリアは微笑《ほほえ》む。

「ええ、ですから棲み分けいたしましょう？」

これで解決とばかり思ったマリアだったが、そこでレイヴァルトが口を挟んだ。

「商売の話はそれでいいだろう。後はクリスティアン、君はもうあの家周辺のものを勝手に採取しないように。今回は未遂だったから、不問とする」

釘《くぎ》を刺されたクリスティアンだったが、そこに関しては譲りたくないようだ。

「お言葉ではございますが、あそこは正式には森の中ではありません。森の外れにガラスが落ちている、奇跡的にガラスの木が生えている場合は、拾っても採取しても、罪にならないはずでは？」

堂々と王子に喧嘩《けんか》を売ったクリスティアンに、マリアは驚いた。

（すごい……）

その度胸は見上げるものがある。だからこそ思った。

（この人、本当に薬オタクなのね）

薬が好きで、調合がしたくてたまらない人が時々いる。

彼らは己の探求心を経済活動に転じて、薬師をしているのだ。母がまだ生きていた頃、マリアはそうした人物を何人か見ていた。

母は言っていた。

「ああいった薬を恋人のように思う人達はね、薬のためなら悪いことにも手を出しやすい、弱い面があるけれど、一方で薬以外のことについては興味が薄いから、悪いことを思いつきもしないのよ」

その後、マリアについても付け加えたのだった。

「マリアはね……そういう方向とは違うけれど。薬に夢中になると、ちょっと他への配慮がおろそかになりがちかしら？」

未《いま》だに、その意味はわからないけれど、母の薫陶《くんとう》は今でも役に立っているので、いつかその言葉が理解できるようになればいいとマリアは思っている。

一方のレイヴァルトは、クリスティアンの無礼な態度にも全く動じなかった。

「家を管理しているのは領主である私だ。その周辺もまた私の持ち物となるんだよ。君は貴族の物を盗みたいのかい？」

「でもガラスの採取は認められています」

「あの周辺数十メートル範囲は、私の持ち物だよ」

そう言われると、クリスティアンも何も言えなくなった。ぐっと悔しそうにうつむく彼に、レイヴァルトは言う。

「マリアは一時的にあそこに住んでいるだけなんだ。いずれ出て行った後に、君が住むことを認める日が来るのを願っているよ」

柔らかな笑みを見せながらも、レイヴァルトはやや突き放した言い方をする。

「いずれ出て行くなら……まぁ」

クリスティアンの方は煙《けむ》に巻かれるように、レイヴァルトの言葉に自分なりの納得を見出《みいだ》したようだ。

マリアが出て行ってから、自分があの家に住めるようになればいいと考えているらしい。

（私としては、その方が嬉しいけれど。追い出されて、町中に住むのは遠慮したいもの）

薬を売るのなら、薬師としての印象が強くなるのでまだ大丈夫だ。けれど、隣近所の人達と日々接触していたら、さすがに令嬢時代のくせを感じ取られてしまうに違いない。

『あの薬師、どこかいい家の娘だったんじゃ？』

『それなのに、こんな辺境で一人暮らしなんてするのかね？』

『なにか事情があるのかもしれないぞ』

と言われては困る。

そこから隣国の伯爵令嬢マリアの話を繋げるような人がいないとも限らない。可能性がゼロではない限り、どんなことにも気をつけるべきだ。

改めて自戒していると、背後でわっと周囲から沢山の声が上がった。

マリアは驚いて振り返る。

「え!?」

マリア達の周囲は、いつの間にか沢山の人達に囲まれていた。

「薬師が増えたんだってよ！」

「女の子の薬師だ」

右の方に固まっていた筋骨隆々の男達がそう話し合えば、

「女の薬師さんがいてくれるの？　色々相談しやすくていいわねぇ」

「うちの子も、女の人がいいって聞かなくて」

「男の子なのに？　おませねぇ」

ほほほと笑う奥様達の横で、腰をまるめたおばあさんがにこにこ微笑む。

「でも若い男の薬師さんもなかなか」

「お祖母《ばあ》ちゃんたら、またおじいちゃんの若い頃に似てるって言いたいんでしょう。どっちもいてもらえばいいわよ」

左側にいた女性達もおしゃべりを始めていた。

「……ええと」

戸惑《とまど》うマリアに、レイヴァルトが苦笑いする。

「新顔が増えると目立つからね。みんな気になっていたんだよ」

「あああぁぁ」

マリアも覚えがある。

亡き母親と旅をしていた頃は、新しい町に行く度、なにかと注目を集めていた。時にはよそものだと嫌そうな目で見られたり、今日みたいに、新しいものに飢えた人達が集まって色々聞き出したがったり……。

なにせ都市から離れた町というのは娯楽が少ない。

この町はガラスの森の側で、領主の城下だから、旅芸人だって沢山来るだろうけれど。そんなにいつもいつも娯楽があるわけではない。面白いことに飛びつきやすいのも当然だ。

目立ちすぎると顔を覚える人が増えてしまうことが心配だが、薬師の娘という印象が強くなるのなら、大丈夫だろう。

(問題は、薬の材料かしら)

これだけの人が薬師だと知ったのなら、すぐにでも薬を買いにくるかもしれない。

正直、今回の買い物分だけでは足りない。マリアは薬師がいるのだから、町の雑貨屋にでも薬をおろして買ってもらおうとしていたけれど、本格的に薬師として働くのなら、もっと沢山の病状に対応できなければならないのだ。

しかもまだ薬をほとんど作っていない。これはまずい。

「あ、あの！」

マリアは思い切って集まった人に声をかけた。

「私、昨日転居したばかりで薬がそろっていません。なので、三日ほど後にお越しください！」

それを聞き、クリスティアンが嫌味っぽい笑みを浮かべた。

「そうですね。一つも薬がないのなら、それぐらいの余裕がないと、全員を断らなくてはなりませんからね」

何も商品がないマリアを笑うつもりだったのかもしれないが、おかげで町の人達は「そうか三日必要なんだな」と納得してくれたようだ。

「では私、今から材料を買い足して薬を作らねばならないので失礼しますね」

買った物を入れた袋を手に、マリアはもう一度薬の店へ入ったのだった。

# 閑話二

「ああ疲れた……」

クリスティアンは伸びをした。

今日最後の患者が帰ったところだ。

午前中に材料の買い出しをした後、常備薬を作りつつの対応だったので、今日はなかなか忙《せわ》しなかった。

そもそもクリスティアンは、人との会話が苦手だ。

兄弟子にも「お前、本当に一人で店なんて経営できるのか？」と心配されたほど。

「いえ、ちゃんとできていますから！」

誰もいない部屋で、クリスティアンは自分に言い訳する。

「もちろん新入り薬師などには負けません」

クリスティアンは、ふん、と拳《こぶし》を固めた。

枝も持っていないような薬師に劣ると言われては、沽券《こけん》にかかわる。

その時、外扉のノッカーを叩《たた》く音がした。

「また患者が来たんですかね……？」

この町の住人はお行儀が良くて、クリスティアンが閉店の札を外にかけると、よほどのことがない限りは薬を求めて扉を叩かないのだが。

一体誰だろうと思えば、クリスティアンよりも少し年上の、たれ目気味の青年だった。

旅をしてきたのだろう、枯草色のフード付きのマントを羽織っている青年は、服も盗人《ぬすっと》を警戒してなのか、平民のように質素なものを着ている。

「お久しぶりです、クリスティアン君」

「あなたは……セイダル領のノルデン様」

クリスティアンは彼に見覚えがあった。

キーレンツ領の隣、セイダル領の家令をしている人物の、息子だ。

その背後には、彼の付き人なのか、二十代ぐらいのへらへらとした男と、目を見張るほど腕が太い髭《ひげ》の男が立っていた。

「何か御用ですか？」

クリスティアンはにこやかに対応した。

なにせ彼の父親は、クリスティアンがキーレンツ領の城下町で薬師になれるよう取り計らってくれた人物だ。

青の薬師に憧れて、どこのガラスの森の近くでもなく、キーレンツを頑《かたく》なに希望し続けていたクリスティアンの話に耳を傾け、薬師の募集をいち早く知らせてもくれた。

キーレンツ領を治める女王の代官にクリスティアンの推薦状も出してくれたのだ。

ノルデンは、クリスティアンに微笑んだ。

「無事に青の薬師になれそうかと思ってな」

「なりますとも。その決意で、ここへ来たのですから」

クリスティアンは何度となく繰り返したセリフを口にした。が、その後、少し気弱になってしまう。

あの、レイヴァルト王子と仲のいい女薬師のことを思い出したからだ。

もしかすると王子にひいきされて、クリスティアンが知らないうちに青の薬師の座を手に入れてしまうかもしれない。

つい考え込んでいるとノルデンがたずねてきた。

「何か心配ごとがあるのか？」

気づかないうちに、クリスティアンは表情をくもらせていたようだ。

「その。もしかするとライバルになるかもしれない人物がいて……」

「ライバル？」

首をかしげたノルデンに、クリスティアンは説明する。

「レイヴァルト王子が援助している人物がいるのです。小鹿色《こじかいろ》の髪をした、十六か十七歳くらいの女性ですね。薬師の知識を持っているのは間違いないのですが、どこで学んだのか……。その人物が、青の薬師様の家に住んでいるそうで」

「あの家にか」

聞いたノルデンは驚く。

「数ヵ月で別の土地へ行くとは言っていますがね、信用できませんよ！　王子の援助を得て薬の店を開けるのなら、そうそう他の土地へ行こうとは思わないはずです」

「そうか。では、私達が見込んだクリスティアン君にはもっとがんばってもらわないとな。無事に青の薬師になれるよう援助は惜しまないよ。なにかあれば知らせてくれ」

ノルデンは目を細めてクリスティアンを励《はげ》ました。

「もちろんです。ノルデン様方の援助の恩を返すためにもがんばりますとも！」


クリスティアンが扉を閉めた後、ノルデンはふっと息をついて側《そば》にいた二人に言う。

「どうやら邪魔《じゃま》が入ったようだ。その娘を排除するか、本来の予定を早める必要があるだろう。……アレはどうなんだ？」

聞いたノルデンに、へらへらとした表情の男が答える。

「なかなか王子の勘が良いようで。町に近づけません。ガラスの伐採《ばっさい》の時にしか」

「しかし王子がどうしても邪魔だ。あの力のせいで……」

ノルデンはぎりぎりと奥歯を噛《か》みしめる。

「では少し予定を変更しましょうノルデン様。まずは予定を早めて……アレをばらまきます」

その言葉に、ノルデンは静かにうなずいた。

# 三章　薬師マリアの店をはじめます

家へ戻《もど》ったマリアは、さっそく材料を作業部屋に並べた。

急いで薬を作らねばならない。

「風邪の症状ごとの薬と、胃薬系も一種類は必要よね。他のと一緒に処方することもあるから」

胃を痛めやすい薬があるので、全く出さないわけにもいかない。

「クリスティアンさんのところでお求めくださいと言ってもいいんだけど、場所が離れているものね」

面倒くさがりな人は、絶対に行かないだろう。そして胃を悪くされるのは、マリアの本意ではない。

「ガラスの森近くで必要とされるのだから、怪我《けが》用の薬も必要……」

一般的なすり傷や切り傷用。そして獣傷用、深い傷用だ。化膿《かのう》止めや炎症を治める薬、打撲《だぼく》用の湿布も必要とされるはず。

「まずは粉にしないと」

マリアは薬研《やげん》や乳鉢《にゅうばち》を用意した。

まずは一種類ずつ、薬研でごりごりと荒くすり潰していく。できたら乳鉢に移して、さらに細かくした上で、瓶《びん》に入れてラベルをつけていった。

その作業を五つ繰り返すだけで、だいぶん日が傾いてしまった。

「三日後までにどうにかなるかしら……」

一から全ての薬を用意するため、どうしても時間がかかる。

不安になってきたところで、きぃ、と作業場の奥の扉が開いた。

半分開けたところで扉の動きが止まり、隙間《すきま》からつぶらな瞳がじっとこちらを見つめてくる。

ずんぐりむっくりしたネズミに似た幻獣、ハムスターだ。

昼間、あまりにも沢山《たくさん》のハムスターを見ていたので、マリアはすっかりその存在には慣れていた。が、問題があった。

「鍵はかけていたのに……」

なぜかハムスターは開けてしまうのだ。

そもそも、昨日も鍵をかけていたのに侵入していた。朝も、ハムスターが出て行った後に再三確認して鍵をかけたし、マリアはまだそこを開けていない。

なのにこのありさまである。

ハムスターは鍵開けの名人なのかもしれない。

マリアではお手上げなので、（鍵のことはもう考えないようにしよう……）と心に決める。

灰色の毛のハムスターは、しばらくマリアの様子を見た後で、ちょこちょこと入って来た。

作業場のマリアの側《そば》にやってくると、なぜか薬研の前の椅子に飛び乗る。

さらにクィっと薬研の船型の皿に、物を入れろと身振りで催促《さいそく》してきた。

「…………できるの？」

思わず聞いてしまったマリアだったが、返事を期待していたわけではない。

なのにハムスターは、はっきりとうなずいたのだ。

「じゃあ、頼んでみようかしら」

マリアは恐る恐る、薬研の受け皿の方に材料を入れる。乾いた草にところどころ丸い実がついたような薬草を、一掴《ひとつか》み。

するとハムスターは、前足で器用に薬研を操り、ごりごりごりとすり潰し始める。

「おおおおおお」

マリアは感嘆の声を上げた。

ちっちゃな手で材料を粉にしている姿は、可愛《かわい》いやら不思議やらでなんとも言えない。

夢でも見ているのではないかと思い、一度パーンと頬を叩《たた》いてみた。が、目の前の光景が消えることはなかった。

「うん、とりあえず作業しよう」

ハムスターの手伝いを得て、一時間後にはある程度の量を粉にすることができた。

マリアは一息入れるため、お茶に蜂蜜《はちみつ》を入れたものを作る。

同じものを差し出すと、ハムスターも手を止めてカップを持ち、ずずず……と飲んだ。幻獣もお茶は飲むらしい。

「スープを飲めるんだからイケるとは思っていたけれど」

森の中で、スープやお茶なんて全く存在しない生活をしていたはずなのに、どうしてだろう。謎だ。ますます謎すぎる。

首をかしげつつ、マリアは作業場の棚の一つから天秤《てんびん》を出す。

小さな分銅やピンセットもきちんとそろっている天秤だ。

皿の上に紙を置き、粉を一種類ずつ量《はか》っていく。そして量り終えたものを、一つの乳鉢でさらさらと混ぜた。

これを口が広がった杯型《さかずきがた》の黄色っぽいガラス——杯《カリス》の中に入れる。

さらに翡翠《ひすい》を砕いた粉を少量混ぜ、同じ黄色いガラスの攪拌棒《かくはんぼう》で混ぜた。

——ガラスと攪拌棒に、金色の線が一瞬浮き出る。

ガラスの輝きはすっと薬に振りかけた翡翠の粉を輝かせ、攪拌棒を回す度《たび》に他の粉に移っていく。

金粉をまぶしたように輝く粉は、やがて光が治まると元の茶色に戻っていった。

翡翠は薬を安定させる作用があると同時に、杯《カリス》の反応を引き出す触媒《しょくばい》だ。

杯《カリス》の方は、ガラスの木が生み出したものを採取し、研磨だけされて売られている。薬をそのまま混ぜても本来の効能はあるけれど、杯《カリス》を使うことで、さらに効果が強まった薬になるのだ。

薬師を名乗る者は、この杯《カリス》と鉱物の扱いに習熟している必要がある。

マリアはできた粉に蜂蜜を入れて混ぜ、最後に手で固めて小さな丸薬《がんやく》にしていった。瓶に入れて蓋《ふた》をすると、完成だ。

「これで基本の風邪薬はできた……と」

同じ要領で、マリアは胃薬や、咳《せき》止めを作っていった。

その辺りで夕方になり、マリアは慌《あわ》てて夕食を作ることにする。

今日も適当なスープだ。買っておいた豆と干し肉、根菜を刻んで入れ、トマトとスパイスハーブを加えて煮込む。

同時に、シロップもいくつか仕込んだ。

大きな鍋に水を入れて煮立たせ、瓶を殺菌。その間に小鍋を出して、沸かしたお湯に砂糖を溶かしていく。

ふつふつと煮える小鍋の中から、砂糖菓子のような香りが部屋全体に広がる。

それを嗅《か》いだハムスターが、ふんふんと鼻を動かして振り返った。

どうやらお願いした材料の処理は終わったようだ。

シロップがとろりとするほど煮詰まったところに、オレンジとエルダーフラワーの白い小花を沢山入れる。

湯気とともに立ち上るのは、甘く華やかな香りだ。

花の香りにオレンジの甘くも爽《さわ》やかな匂いが混ざり合って、気分が浮き立って来る。

鍋の中身は、少し冷ましてから一度大きな杯《カリス》に移す。

この杯《カリス》は緑色だ。

中に一つまみ、翡翠の粉を入れて攪拌棒で混ぜていくと、杯《カリス》全体に葉脈のように細かな光の筋があらわれた後、シロップがふわっと金色に輝いた。

ハーブとオレンジの香りが一気に強まった後、液体の色が美しい透明なオレンジ色に変わった。

エルダーフラワーのシロップは、風邪の引き始めに良いので、早く治したい人も家庭で作ることが多い。でも薬師のシロップは、家庭で作るものよりずっと効果が高く保存が効く。

できたシロップは花やオレンジを取り除いた上で、殺菌していた瓶の中に入れる。

洗うため、鍋を水に浸《つ》けようとしたところで、ハムスターがひょこっと立ち上がってマリアの隣にやってくる。

熱心に鍋の方を見つめるので、匙《さじ》にほんの少しだけ残ったシロップをすくって差し出すと、器用に匙を握り、嬉《うれ》しそうに目を細めて口に含んだ。

（……可愛いかもしれない）

少しずつ拉致《らち》された時の驚きや恐怖が薄れていったことや、色々と手伝ってくれることが重なって、マリアの中のハムスターの印象はだいぶん良くなっていた。そのせいか、普通に可愛い動物に見えてくる。

それに隣に立ったハムスターの毛が、ふわっと手に触れる度に、心をくすぐられるのだ。

抱き着いたらかなりふわふわと柔らかくて楽しいのだろうな……と。そんなことを考えていると、ふいにハムスターがマリアに抱き着いた。

(奇跡のふわふわ!)

柔らかな毛に包まれて、窒息《ちっそく》しそうだったが極上の感触だった。

思わず頬ずりすると、ハムスターもすりすりと頬をマリアの頭にこすりつけてくる。

ずっと堪能《たんのう》していたかったけれど、まだやるべきことが山積みだ。

マリアはハムスターにお願いして離れてもらい、今度は別のハーブと蜂蜜を入れて煮込む。

咳止めに良いシロップを作るのだ。

ワインの芳醇《ほうじゅん》な香りが作業部屋を満たしていく。そこに花の香りが混ざり、柔らかくなったところで火を止め、杯《カリス》を使った上で瓶に詰める。

これもハムスターが物ほしそうに見ていたので、ほんの少しだけ味見用にしていた小さなカップに入れて渡す。この量ならばハムスターにあげても大丈夫だろうと。

ハムスターはワインを舐《な》めるように飲んだ。

そして、ほぅ……と上向いて満足そうな息をつく。

(ハムスターはお酒も平気……なのね)

心のメモ帳に書きこんだマリアは、ここでようやく食事にした。

今日はスープと買って来たパン、そしてエルダーフラワーのシロップを入れたお茶だ。

シロップのおかげで、期待した通りにお茶がほんのりと甘くなり、心がゆるんでいくいい香りがする。

ハムスターもまだそこにいたので、スープなどをあげてみる。

すると今日は、シロップ入りのお茶だけを口につけていた。

（こんなに体が大きいのに、これで足りるのかしら？）

やはり普通の生物ではないから、大気から何かを取り入れて生きているのかもしれない……。で、本来は食事もいらないのでは。

だとするとお茶を飲むのもおかしい気がするが、水分は必要なのだろう。

ハムスターの謎に思考が引っ張られそうになったところで、ふっとハムスターが立ち上がる。

くいっと振り向いたその視線は窓の外へ向けられた。

ガサガサガサ……。

薄暮《はくぼ》の中、森の下草を踏み分ける無数の足音と、薄茶色や白、灰色の毛皮の波が見えた。

百匹はいるだろうハムスターの群れが移動していく。

「え？」

「一体なにが……」

マリアは不安から、彼らの様子を見るため戸外へ出た。

森の奥へと移動していくハムスターの波がまだ遠くに見える。

その先は、よくわからない。

重なった木立の向こうは黒く……。

「ん？　黒？　銀？」

急速に暗くなっていく中、黒い影にしか見えなくなっている木々の向こうに、銀色の光が見えた。

いや、光っているわけではない。

銀色の生き物がいる。

空に目立ち始めた半月の光を浴びて、うっすらとその銀色が燐光《りんこう》を放っているように見えた。

「首が……長い？　翼があるから鳥？　いえ、あれはもしかして……」

絵物語で似たようなものを見たことがある。

——竜。

今はもう誰も見たことがないという幻獣。

トカゲのような姿に翼を持つ幻獣は、炎を吐《は》き、一国をたちまちのうちに火の海にしたという話を、寝物語に聞いた。

「まさかそんな伝説の幻獣まで、存在しているなんて……」

どこへ逃げたら、とマリアは迷う。

でもその前に、ざあぁっと大きな葉擦《はず》れの音を立てて、薄墨色《うすずみいろ》の空に黒い影が舞い上がる。

「あれは、鳥の幻獣」

ハムスターに森の奥へ連れ去られた時に見た幻獣だ。

鳥の幻獣はどこかへ飛び立ち、そして視線を転じると、すでにあの銀の竜は姿を消していた。

「幻だったのかしら」

遠目だったから、なにかが反射したのをそう見間違えた可能性はある。

ちょっと確かめてみたいと思ったが、それより先に、大量のハムスター達が森の奥から出て来た。

「ひっ！」

慣れてきたとはいえ、先日の拉致事件のことは記憶に刻まれている。

また同じことが起きるのかと焦《あせ》ったが、ハムスター達はマリアの側に集まってくると、腕にすりすりしては別のハムスターに交代し、次々に通り過ぎていく。

そしてハムスターの波が去った後、もまれたマリアはぽかーんとそこに突っ立っていた。

「え、一体なにが起きたの？」

よくわからないながらも、連れ去り事件が起きなくて良かったと思っていたら。

「マリアかい？」

森の中から、一人の青年があらわれた。

あっという間に暗くなった森の中、半月の光だけでは顔はよく見えないながらも、くすんだ亜麻色《あまいろ》の髪と背丈、その声で誰なのかがわかる。

「殿下」

レイヴァルトだ。

彼が近づいて来て、いつも通りの濃紺の上着にマントを羽織っているその姿が、はっきりと見えるようになった。

「外にいると危ないよ。先ほども、少しやっかいな幻獣がいた」

「あ、見ました。黒い鳥の姿をした幻獣ですよね？　あと銀色の竜みたいな幻獣も……」

「もういないみたいだけど、念のため家にいるといいよ。私が立ち去れば、ハムスター達がこの家の周辺に戻ってきて、何かあれば逃がしてくれると思う」

「逃がす……」

マリアは拉致された時のことを思い出して、頬がひきつってしまった。

「大丈夫だよ。ハムスター達は君のことが大好きなんだ」

「好き……ですか」

それはわかる、とマリアは思う。

家に勝手に出入りするのはどうかと思うが、根気が必要な薬作りを黙々と手伝ってくれたりするのは、作業が好きなのか、マリアのことを助けようと思わなければ続けられない。

(それにちょっと……悪くないって思ってる)

たとえハムスターでも、おやすみと言える相手がいること。

おはようと挨拶《あいさつ》できる相手が、家にいることは、ちょっと嬉しいのだ。

「なにかがあれば、君は自分の持っている薬をあげて頼むといいよ。先日の狼《おおかみ》だって、君の薬に執着していたし、悪いようにはならないはずだ。そうして少しでも君が、幻獣のことも好きになってくれるといいな」

　ふんわりと微笑《ほほえ》むレイヴァルトに、マリアは苦笑いする。

「私はこれで失礼するよ」

　そう言ってレイヴァルトは立ち去ろうとした。

　一方のマリアは「あ」と思いつく。

　レイヴァルトにはなにかとお世話になっている。家賃代わりにでもなにかできないかと思っていたが、彼の『君の薬に執着していたし』で思いついたのだ。

「あの、良かったら立ち寄っていかれませんか？　お茶だけでも。外を歩いてお疲れではありませんか？」

　そう言うと、レイヴァルトはうなずいた。

「少し休ませてもらおうかな」

　マリアはレイヴァルトを中に招き入れた。

　そのまま移動したのは作業場だ。

　扉は開けたままだったので、レイヴァルトは中にいたハムスターの姿をすぐに見つけた。

「ハム……」

　レイヴァルトがつぶやき、一歩前に出る。

彼を見たハムスターが、何かを恐れるように一歩下がった。

そのまま二人で見つめ合い続ける。

（……なんだろう。まるでわけあって姿を消した恋人に再会したみたいな反応だわ）

かわいそうなのか、おかしいのかマリアはよくわからなくなってくる。

でも、もしかするとこの状況を改善できるかもしれない。

「殿下、申し訳ないのですが、そこにお座りになってお待ちください」

マリアは作業場の端の席にレイヴァルトを座らせ、シロップ入りのお茶を作る。

シロップは多めにした。

「はい、どうぞ」

一つはハムスターに渡した。

ハムスターはレイヴァルトをちらちら見ながらも、カップを受け取って飲み始めた。

「殿下もどうぞ。とても甘くしてあります」

「ありがとう」

レイヴァルトは微笑んでカップを受け取ると、甘いお茶をゆっくり飲む。視線はハムスターに向けたまま。

（さてどうなるか……）

これは実験の一つだ。

もしマリアの薬がレイヴァルトの体質改善に効果があるのなら、ハムスターは作業場にいてくれるだろう。

やがて一匹と一人は、同時に飲み終わった。

ほっと息をつくレイヴァルトだが、顔色が白っぽいので温かい飲み物を飲んだように見えない。

それでも効果はあるはず……と、マリアはつばを飲み込んで、まずハムスターに声をかけた。

「そのまま動かないでいてくださいね」

ハムスターは『なに?』と言いたげに、小さく首をかしげた。可愛い。

「殿下、一歩だけハムスターに近づいてみてください」

「わかった」

席を立ったレイヴァルトは、マリアに言われるままゆっくりと一歩進んだ。

ハムスターはこちらを見ながらも、まだ動かない。

「もう一歩どうぞ」

レイヴァルトが歩を進める。

さらに一歩、二歩、三歩。

いかに広い作業場でも、一軒家の部屋の一つだ。ハムスターとの距離はかなり近くなった。

ハムスターがちょっと挙動不審になっている。だけどレイヴァルトの方から、シロップの香りがするのかもしれない。鼻をひくひくさせながら、彼を見ていた。

さらに一歩。二歩。

もう少しで手を伸ばせば届きそうなところで、とうとうハムスターがざざざっと作業場のかまどの近くまで逃げる。

「ここまでが今の限界のようですが……いかがでしたか？」

レイヴァルトは三秒ほど、言葉もなく立ち尽くしていた。

それから勢いよくマリアを振り向き、マリアの方へ戻ってきてそのまま抱きしめてくる。

「すごいよマリア！　こんなにハムスターに近づけたのは久しぶりだ！」

びっくりしたけれど、感動して抱き着いてきただけのようだ。

理由はわかったものの、不可解な点がある。

（なぜ、また私の頭に頰ずりを……）

小さな子供扱いをしているわけではないだろうに。ただ悪感情ゆえのことではないし、喜びに水を差すのも気の毒なので、マリアはじっとしていた。

（それに、久しぶりということは……以前はハムスターにも近づけたの？）

だとしたら、なぜそんな風になってしまったのだろう。

疑問に思っている間にレイヴァルトは落ち着いたらしく、マリアを離してくれる。

「ごめん、あまりに嬉しかったものだから」

「喜んでくださって、私も嬉しいです殿下。もしかしたら、続けていくともっと効果が出るかもしれません」

マリアは用意していたシロップの瓶をレイヴァルトに渡す。

彼はうなずいて受け取り、マリアに「それなら薬代を支払わないとね」と金貨を一枚差し出した。

「え、多すぎます！」

戸惑《とまど》うマリアに、レイヴァルトは言う。

「薬代と、さっき君が効果があるかどうか試させてくれただろう？　その分の代金だと思ってほしいな。それではまた後日、訪問させてもらうよ」

その視線はハムスターに向けられ、じーっと見つめた後でぼそっとつぶやいた。

「あまり迷惑をかけないように。何かあったら……わかっているね？」

レイヴァルトはそのまま立ち去ろうとしていたが、ふと足を止めた。

ハムスターがびくっと肩を震わせた。

それを見てようやく満足したのか、レイヴァルトは帰って行った。

その背中を見送りながら、マリアは首をかしげた。

「そういえば……温かいものを飲んだのに、顔色が改善しなかった」

お茶を飲んでしばらくしても、レイヴァルトの顔色がまだ青白いことが気になったのだった。

※※※

夜の森は暗い。

白々と輝く月はあっても、それだけで全てを照らすには、夜の闇が深すぎるのだ。

そんな中を歩き、レイヴァルトはマリアの家から離れたところで立ち止まる。

近くの木に背をもたれて、息をついた。

「どうにか誤魔化《ごまか》せた……かな」

彼女にとっては、黒い幻獣やハムスター達が大量にやってきたことの方が強く印象に残っただろう。

「でも驚いた。すごい薬だな」

思い出すのは、マリアの差し出した飲み物のことだ。

飲んだ後、あのハムスターが近くへ行ってもなかなか逃げなかったのだ。

ふっと気づけば、数歩離れた木の陰に、ちらちらと白っぽい毛並みの生き物の姿が見える。

ずんぐりむっくりとしたハムスター達だ。

彼らは一定以上には近づかないものの、レイヴァルトのことを心配そうに見ている。

とても情の深い生き物なのだ。幻獣は。

「大丈夫だよ」

声をかけると、ハムスター達は遠くからチチチと鳴いて、少し距離をあける。

レイヴァルトはふと思い立ち、手袋をそっと取ってみた。

手が甲の辺りまで黒くなっていた。

それからふと、マリアに渡されたシロップの瓶を出す。

少しだけ中身を口に含むと、甘いシロップと花の香りが、なんだか懐《なつ》かしい気持ちを起こさせる。

幼い頃、父に病気を心配された時のような、そんな気持ちだ。

もう一度手袋を脱いだ手を見ると、黒ずみは指の第二関節までになっていた。

「なるほど、ガラスの森の薬師……か」

特別な存在だからこそ、それに値する人間があらわれるのを期待していた。そうそうあることではないとわかっていながら。

「ガラスの森に愛される存在は、薬を作るガラスにすら祝福を得られる……」

彼女は、自分の薬の効果を特別なものだとは思っていないだろう。

「でもいずれ知ることになる」

どれほど幻獣達が、彼女の存在を待ち望んでいたのか。

このガラスの森の奥でさまよいながら。

「それを知って、嫌がらずにいてくれるだろうか」

つぶやいた声は、闇に塗りつぶされたような空の下、冷えてきた空気の中に溶けていったのだった。

※※※

翌日の朝は、マリアが配達をお願いしていた物が届いた。

小麦粉など、重たいものばかりだ。

「ここに物を届けるのは久しぶりだわぁ」

そう言ったのは、雑貨屋の配達人だ。足を悪くした老店主の代わりに配達をしているのは、その末娘だという女性である。髪を三つ編みにして赤い三角巾をした彼女は、マリアよりも年上で、家には二人の子供がいるのだとか。

ロバから荷物を降ろしつつ世間話などして、彼女は颯爽《さっそう》と帰って行く。

その姿になんだか元気になったような気がして、マリアは気合を入れて作業場へと入った。

昨日よりも焦りはない。

ハムスターに手伝ってもらったおかげで、予定の半分ぐらいは薬を作り終えていたからだ。

「今日は時間がかかるもの……怪我や外傷薬を中心に作りましょう」

怪我の薬は、軟膏《なんこう》やクリーム状の薬が多い。マリアは薬の材料とともに、届いた蜜蝋《みつろう》やオリーブオイル、ラード、蜂蜜、アルコール類を台に並べた。

まずは今後のために浸出液を作る。

薬の成分を取り出して、様々なクリームに混ぜやすくするものを作るのだ。

マリアはアルコールやワインを入れた杯《カリス》に、ハーブを入れていった。

「温性のものだから……」

選んだのは赤いカーネリアン。その粉を一つまみよりも少なく振りかける。

それだけで、ハーブ入りのワインが蛍のような光を発した。光は一瞬だけど、それでしっかりと浸出の作用が強まるのだ。

反応したものは綺麗《きれい》に煮沸消毒した瓶に入れ、ラベルを貼り、棚の中に保存していく。数日後にはしっかりと成分が溶け込んでいるので、その時にハーブを取り出せば完成だ。

ただ今回は、いくらかはすぐに使いたい。

なので杯《カリス》に入れて反応させたハーブ入りワインを、昨日採取しておいた光属性のガラス瓶に入れた。

次にそれを窓辺に持って行き、日光に当てる。

薬は光を当てると変質しやすい。だからめったにこんなことはしないのだが、光属性の瓶を使うなら別だ。

「光の性質を込めて……っと」

ガラスの攪拌棒で、瓶をそっと叩く。

キン、と澄んだ音が鳴った。

同時に、きらきらと瓶の中に金箔《きんぱく》のさざ波のようなものが発生して、ふっと瓶の中身に溶けるように消えた。

「これでよし……と」

マリアは瓶の中身を濾《こ》して、普通の煮沸消毒した瓶に移す。

それをいくつかの種類のハーブやアルコールで繰り返し、中くらいの瓶で五本ほどの浸出液の完成品を作った。

六個目は、もう採取した瓶を攪拌棒で叩いても、全く輝きがあらわれなくなる。瓶の力の限界が五本だったのだ。

「まぁ、これで十分でしょう」

数種類の薬を作る準備はできた。

うん、と腕を高く上げて伸びをして振り返る。

さてかまどに火を入れて……と思ったら、そこにはハムスターと、なぜかラエルがいた。

「うわああっ！」

思わず悲鳴を上げ、その場に座り込みそうになった。とっさに、テーブルにしがみついて転ぶのは防いだけれど、いつの間に家の中に入ったのだろう。

「なぜいるんですかラエルさん!?」

ハムスターはわかる。いや、わからないけれど勝手に入ってしまうことを知っている。けれどラエルは人だ。人が勝手に家に入るわけがない。

しかし当人はけろっとした顔で答えた。

「ハムスターが入っていいって手招いたからですが」

「ハムが！」

ハムスターのせいだった！　それでは怒れない。

人間とは違う感覚で生きている幻獣に、『女性の家に勝手にお友達を招き入れてはいけません』と言って、理解してもらえるか怪しいからだ。それに家の持ち主の部下を、追い出すのも問題だろう。

マリアはがっくりとうなだれた。

「ええと……何かご用事があっていらしたのですか？」

「俺は様子を見に来たんですよ。ガラスの採取を見守るついでに」

「採取の日だったたんですか」

「幻獣が出ると採取は中止になって、ろくに取れない。最近はそういうことが多いから、少し採取日を多くしているのです」

「あ、幻獣がいるから……」

そういえば幻獣が多い森なのだった。

ハムスターが家に出入りするので、その存在を忘れていたわけではないが、危害を加えられることがないせいで気が抜けて、マリアはすっかりその危険さを忘れていた。

それに元々住んでいたリエンダール伯爵領では、ほとんど幻獣を見ることがなかったので、生活に関わるという発想がなかったのだ。

たしかに幻獣が出るのなら、危なくてガラスを採取することはできない。

「それで、何を作っているんですか？」

「傷薬です。町にいらっしゃる薬師のクリスティアンさんは、あまり得意ではないようなので、競合しないよう、こちらは傷薬の種類を取りそろえてみようかと」

マリアはクリスティアンに町から出て行かれては困るのだ。あの繊細なクリスティアンのことだから、同じ薬の効果で比べ続けられたりすると、もしマリアに負けたらショックを受けて病んでしまうかもしれないので、競合を避けたい。

「傷薬ですか。この町では特に必要でしょう」

ラエルが納得してくれる。やはりガラス採取に怪我はつきものらしい。

「よければ一緒に行って、みなさんに配らせてください」

マリアは宣伝を考えて、ラエルに同行させてもらうことにした。

薬師は小さな村などでは宣伝などする必要もない。そもそも数が少ないので、村や町に薬師がいるだけでも希少なのだ。

なにせ薬師になるには、杯《カリス》が必要になる。

高価なものなので、代々親子で受け継いでいくことが多く、薬師を志しても杯《カリス》が必要と聞いてやめてしまう人も多い。

けれど王都や大きな都市だと、貴族のお抱え薬師も多いし、大商人が援助している薬師もいる。その中で商売をする際には、どうしても知名度が必要になるのだ。

まずは自分の薬がきちんと効くことを、知ってもらわなければならない。

マリアの母も、大きな都市に滞在した時には、薬を少量だけ無料で提供し、効果を実感してもらって顧客を増やしていた。

マリアは母と同じことをするつもりだ。

「薬を持って行くのなら、大丈夫だと思います」

ラエルから許可をもらい、さっそくマリアは湯煎《ゆせん》で蜜蝋を溶かしていく。

そこにオイルを入れ、薬効を抽出した浸出液を混ぜていく。それを温かいまま杯《カリス》に移し、反応させながら冷ましていくと、綺麗に全てが混ざって、もったりとした白いクリーム状に変化していった。

杯《カリス》を洗浄するのに時間がかかったが、クリームは三十分ほどで数個でき上がる。

「こちらが消毒薬、これが消毒した後で塗るクリーム。深い傷はこの薬ですね」

クリーム以外にも、消毒用のアルコールを使った浸出液などを一通り並べる。

しかし説明を聞くよりも、ラエルはその香りに引きつけられるようだ。

「………うん、なかなかいいですね」

「それはどうも……」

薬の匂いは、物によってはアルコールが強かったり、キツイ匂いがするものもあるのに、ラエルはそれらを嗅いでうっとりとしている。

不思議な人だと思いつつ、マリアは道具を綺麗に洗って拭《ぬぐ》う。何度も水を使うので、手の荒れが気になったマリアは、カレンデュラで作っていたクリームを手にすり込む。

そうしてラエルに「さあ行きましょう」と言おうとしたのだが。

振り返ると、ラエルの顔が肩の近くにあった。

「えっ、ラエルさん、え!?」

一体なぜとびっくりしているマリアをよそに、ラエルはマリアの右手を掴んだ。そのまま持ち上げ、自分の顔にマリアの手を近づけようとして……。

「ちょっ！　何してるんですか!?」

「嗅ごうと思っています」

「なぜ!?」

「いい香りがするからですが？」

ラエルは当然のことのように言い、首をかしげる。が、知人になったばかりの女性にする行動ではないと思うのだ。

「でもだめです！」

マリアは、ラエルに掴まれた手を引き抜こうとした。でもしっかりと握られていて、なかなか引っこ抜けないでいたのだが。

「そうだよラエル。嗅ぐなら私が先だよ」

ラエルの手に誰かが触れたとたんに、ラエルが飛び上がるように避《よ》けながら手を離した。

誰かと思えば、灰がかった亜麻色の髪をさらりと揺らしたレイヴァルトだ。

今日はガラスの採取を監視するためか、貴族らしい服装をしていた。

マリアは手を離してもらえてほっとしたが、レイヴァルトのやっていることは不法侵入である。

（殿下も勝手に入ったんですね……）

いや、家主だから問題ないのか？　でも店子《たなこ》の部屋に勝手に入る貸主というのはどう考えてもおかしい。

（でも待って私。私室に入っていないから、これは怒れないケースなのでは？）

しかも訪問時に応答がなく、ハムスターが招き入れてしまったら、入って生死を確認するのではないだろうか。

そんなことを考えている間にも、ラエルとレイヴァルトは言い合いをしていた。

「ずるいですよ殿下。俺の方が先にいたんですが」

先に来たら嗅ぐ権利があるとか、一体どういうことだ。

マリアは頭の中に『?』が乱舞する。しかしラエルの抗議に、レイヴァルトはさらりと答えた。

「私が彼女の家主だ。そしてここの領地は私が治めているんだよ、ラエル」

「嗅ぐことに、それは関係あるのですか？」

「いや、ないな」

レイヴァルトの答えに、ラエルは「だったら！」とまなじりを上げる。

マリアは、匂いを嗅ぐだけのことになぜこんなにも熱くなっているのかと、ドン引きした。

「しかしこうしたら、お前は近づけないだろう？」

「ひいっ！」

突然レイヴァルトに後ろから抱え込まれ、マリアは悲鳴を上げる。異性に、しかもこんな風に抱え込まれるなんてとんでもない！

「殿下、恥ずかしいので離してください！」

「離してしまったら、ラエルにまで同じようなことをされると思うんだけど」

「ぐ……」

抗議したマリアは、レイヴァルトの返答にためらいを感じた。

人は慣れる生き物だ。

最初は驚いたものの、後ろから抱き着かれている状況に慣れてくると、ハムスターに抱き着かれているのと変わりないのでは？　という気分になってくる。

同時に諦《あきら》めも出て来て、レイヴァルトのことは『仕方がない』という枠に入れてしまっていた。

それよりも、別の人にまで抱き着かれる方が、心理的に抵抗が高くなっている。

（二人の人に抱き着かれるよりは、一人の方がまだマシ……？）

なんだか頭が混乱してきた。薬作りに集中しすぎて、疲れがたまっているのかもしれない。昼寝でもするべきではないだろうか。

しかし昼寝の予定は、レイヴァルトの一言でかき消える。

「それで、薬を持ち運びできるように用意しているのは、出かける予定があるからかな？」

「ガラスの採取をしている現場に行きたいと言っておりました」

（ラエルさん、なんで暴露するんですか⁉）

マリアが目を丸くしている間に、レイヴァルトが応じた。

「準備はできているようだし、行こうか」

しかもレイヴァルトは、マリアの肩を掴んだまま歩き出す。

「あの殿下、ちょっ……」

「鞄《かばん》はラエルに持たせるよ。いいだろう？」

マリアの焦りが荷物のことだと勘違いしたのか、レイヴァルトはラエルに荷物運びを指示した。

「もちろんです、殿下。マリアさんの荷物なら喜んで」

ラエルは微笑んで鞄を持ち、その鞄に頬ずりした。

(うわぁぁぁ!?)

マリアは内心で悲鳴を上げた。

自分の鞄に頬ずりされて、ぎょっとしない人なんていないはず。それがどんなに姿のいい人物でも、変態的な光景すぎて脳が理解を拒否してしまいそうだ。

(薬!?　薬の匂いが鞄からするせいなの？)

ガラスの森の周辺の人は、薬の匂いに弱いのだろうか。

呆然《ぼうぜん》としながらレイヴァルトに連れられて歩き出したマリアは、そんな仮説を頭に思い浮かべたのだった。

本日のガラスの採取場所は、少し離れた場所だった。

そのためマリアは、レイヴァルトの馬に同乗して向かった。

王子の馬に乗せてもらうなど、恐れ多くてマリアはがちがちに緊張してしまう。しかし薬の調合で疲れが残る状態で遠い場所まで歩いたら、現地で治療をする必要があっても、上手《うま》く動けないかもしれないと諦める。

とはいえ……。

(病人を抱えるのは全く気にならないし、具合の悪い時に運ばれるのは仕方のないことだからと思ってたけど、これは……けっこう辛《つら》い)

辛いのは、騎乗することではない。

意識してしまう自分だ。

前に乗せてもらっているせいで、頭の上で聞こえる吐息や、腹部を抱えるレイヴァルトの腕、自分の背中にあたる体が気になって仕方ない。

自意識過剰なのだろうか。

匂いを嗅ぎたがる変な王子様と接してるせいで、警戒しているせいなのか。

(警戒……する相手ではないと思ってはいるのだけど)

匂いに固執《こしつ》している部下までいる人だが、彼自身は特にマリアに危害を加えたこともないし、ずっと手助けしてくれている。対応もおかしな部分はあるものの、まだ許容できる範囲だろう。

(私が、こういうことに耐性がないだけ？)

マリアはふと思い出す。

他の貴族の館に招かれてのパーティーに、マリアも何度か出席したことがある。

出席の前から、貴族令嬢や令息達の出会いの場、もしくは婚約者との顔合わせの場という意味が強いパーティーだとは聞いていた。

マリアはただのにぎやかし。

養父がパートナーを連れずに出席するのも外聞が悪いのと、養父も援助の恩があるので、そのパーティーだけは欠席できなかったことが出席の理由だ。

そこでは、令嬢達はとても積極的に話しかけていたし、楽しそうにダンスを踊っていた。

マリアも令嬢らしく振る舞えるようにする教育で、ダンスを習ってはいた。

だからこそ、見知った老家令やダンスを習っていた伯母《おば》などが相手でなければ、自分の腰に触れられたり、手を握り合うというのはやや抵抗があるなと思っていたのだ。

(手を握るのは、診察の時に必要があって……というぐらいだし、触診の必要もないのに腰に触れるのも、ちょっと……)

平民だったからこそ、そういったことに忌避《きひ》感があるのだと思う。

なにせ母が流れ者の薬師だったから、異性には警戒するよう口をすっぱくして注意されていた。そしてマリアも、何度か恐ろしい場面を見かけては、それに同意していたのだ。

診察や治療に必要で触れる時は、相手は異性ではなく、もはや全て患者という同じくくりの存在になるので、逆に気にしない。

けれどダンスの時に触れるのは、貴族にとって普通のことだ。

むしろそうして触れ合ってもいい相手を探す方法の一つだと聞けば……自分には無理だと、マリアは早々に結論を出すしかなかった。

そんなことを考えてしまう自分は、令嬢らしくないのだろう。

(いや、それでいいのよ。令嬢らしくない方がいい)

もう平民のマリアとして生きて行くのだから。令嬢らしくなさをどんどん出すべきだ。

そう決意したマリアの気持ちは、ふと聞こえたつぶやきで飛んで行く。

「離したくない……」

(ひぃ!?)

幻聴、幻聴よと言い聞かせようとしたものの、レイヴァルトがマリアを拘束する腕の力を少し強めた。

思わず身を縮こまらせたマリアの様子に、レイヴァルトが気づいたようだ。

「ああ、ごめん。聞かせるつもりはなかったんだ」

「さらっと認めてる!」

笑みを含んだレイヴァルトの言葉に、思わず言ってしまう。

なぜ否定しないのですか!?

「本当に、ずっといてくれたらいいのになと、そう思ったからだよ」

普通にそう解説され、マリアは絶句する。

（か、からかっているのよね？）

でなければ王子が、そんなことを言うわけがない。

そんな風に思うことにしたマリアを乗せた馬は、まもなく現場に到着した。

ガラスの木と普通の木が生える場所の境目、という感じの場所だった。

まるで雨雲が空の半分だけを覆《おお》っていて、片側が晴れているかのように、はっきりと生息域が分かれている。一歩踏み込めば、ガラスの木に囲まれた異質な空間に入ってしまうような、そんな感じがする。

そしてどうやってガラスの採取をしているのかと思えば。

――カン、カン、カン。

緋色《ひいろ》のきらきらとした刃の斧《おの》で、屈強な男性が一本の木を切り倒そうとしていた。

目的のガラスの木には、倒れる方向を誘導するためか、何本かロープがかけられ、それを引く人達が緊張の面持ちで、斧を操る男性を見守っている。

その場には十数人の屈強そうな男性達がいた。

「普通に……切り倒すんですね」

ガラスの木だから、もっと違う方法で伐採をするのだとばかり想像していた。

「切る斧は特殊だけれどね。それ用のガラスの斧を使うんだ。さ、降りるのを手伝うよ」

レイヴァルトは先に馬を降り、マリアに両手を差し出す。

乗馬はあまり得意ではないマリアは、ありがたく手をかりて地面に足をつけた。

そうしてレイヴァルトの手を離し、ようやく一息ついたのだが。

ちょうどその時、ガシャン、カシャン、と窓ガラスが何枚も割れるような音が響き始める。

「倒れるぞ！　縄引け！」

掛け声とともに、ガラスの木が一気に倒れて行く。

そのままでは、全てばらばらになってしまうのでは？

不安を感じたマリアだったが、彼らもそのためにロープをかけていたようだ。

倒れる方向を操作するだけではなく、反対の方向などにも引っ張ることによって、倒れる速度がゆっくりとなる。

最後にドンと重たい音がしたものの、一部が割れただけで木はほとんど無事だった。

見守っていたマリアは、ほっとする。

しかも怪我をした人もいなさそうだ。薬の出番はなさそうだが、予備の薬として渡しておけばいいだろう。

ガラスの木を、売るのにも運ぶのにもいい大きさに割り始めた人々を見つつ、そんなことを考える。

「それにしても……」

ちょっとだけ気になることがあった。

こんこんと、咳をしている人間が、いち、に……三人。

「風邪が流行《はや》っているのかしら」

咳止めの薬は持っていないが、風邪薬は手元にある。が、みんな顔色も悪くはないし、熱がないのなら咳止めだけを飲ませるべきだろう。

後でこの職人達に、咳止めについて話しておくべきだろうか。

そのことを相談しようかと思った時には、レイヴァルトは職人達の方へ歩いて行ってしまっていた。

「ガラスの質はどうだい？」

「表面から見た通り、いいですね……こほっ、失礼。強度的には普通ですが、中心部は黒鋼ガラスですね。剣なんかにも使えるでしょ……こほっ」

応じたのは、髪をそり落としてつやつやした頭の職人だ。光を弾《はじ》いてやや彼の頭だけが明るく見える。そして風邪をひいているようだ。

「上手く加工できるといいね」

レイヴァルトは職人の肩を叩いて言う。

「きっと最高の剣ができますよ！　どうぞご期待ください、殿下」

頭がすっきりとしている職人は、深々と一礼した後で、ガラスの積み込みをしている馬車の方へ向かう。

「…………？」

マリアは違和感に眉をひそめたけれど、その違和感の元がわからない。

一体なにがひっかかったのか。考え始めた彼女の耳に、悲鳴が届いた。

「た、助けてくれええっ！」

声の方向へ振り向けば、ガラスの森の中から飛び出してくる一人の男がいた。

他の職人達と同じように、ガラスで怪我をしないよう枯草色の厚手の上着を着ている。

へらへらと笑っている顔立ちのせいで、一瞬なにかおどけているのかと思ったが、違う。腕に怪我をし、血を流しながら腕をかばって走っていた。しかも、よたよたと今にも倒れそうだ。

「何があった⁉」

「おい、なにか来るぞ！」

職人達が一斉に青年が飛び出した方向から逃げ始める。

それもそのはず、涼やかなガラスの葉がこすれ合い、ぶつかる音とともに、なにか大きなものが森の中からあらわれたのだ。

シャラシャラシャラ……。

いくつも重なる音は、それを覆う毛のようなガラスがたてていた。

ぱっと見は、家ほどもある大きな鳥のようだった。

首が細長く、頭にはクチバシがある。そして首から下の羽の部分がガラス化したまま異様に長く伸び、地面をひきずっていた。その羽が長すぎて、足は見えない。

ずるずる、シャラシャラと二つの音を立てながら、マリア達の方へ近寄って来る。

ガラスの森からあらわれた、黒いガラスの影のような存在。

「幻獣……」

誰かがつぶやいた声が聞こえる。

(前に見たことがある……幻獣だわ)

ハムスター達にガラスの森へ連れ去られたあの日、レイヴァルトと一緒に見た幻獣だと思う。

幻獣の体からふわりと発生するのは、黒い霧《きり》のようなものだ。

そのため近くに来るまで、その姿が影のように感じられて、認識しにくかったのだと思う。

驚きながらも見上げてしまうマリアを、誰かが抱え上げるようにして移動させた。

「早く逃げるんだ！」

いつの間にか側に来ていたレイヴァルトだ。

まごまごしてしまったマリアを、彼は少し離れた大木の陰まで避難させた。

振り返れば、巨大な黒い鳥の幻獣の前に、ラエルや先ほどまではいなかったイグナーツが立っていた。

「ラエルさんやイグナーツさんが！」

あのままだと踏みつぶされるのでは。

焦ったマリアだったが、レイヴァルトは落ち着いた様子でなだめた。

「平気だよ。この領地にいる騎士は、幻獣の対応に慣れている」

「慣れてる……んですか？」

そういえば、とマリアはレイヴァルトと出逢った時のことを思い出した。

彼は……驚いてすらいなかった。きっと彼も慣れているのだろう。

「職人も心得ているから、ちゃんと避難しつつ備えているだろう？」

レイヴァルトが指さした方向を見れば、たしかに職人が、マリアのように少し離れた場所に移動しながらも、赤い刀身の剣を構えている。

「戦闘の専門じゃないけど、町以外の方向に幻獣を誘導するため待機しているんだ。そんな人達だから、採取場所を離れてガラスの森の奥には行かない。幻獣を刺激することもあるからね。なのに彼は……」

レイヴァルトは穏やかな口調ながらも、近くにいて腰を抜かしていた青年の首根っこをひっつかむ。

「ぐえっ！　な、なにすんだ！」

「勝手に森へ入っただろう？　決して単独行動をしないと決められていたのに、新入りのようだけど、それで済ませられるような問題じゃないんだよ。……この者を拘束してくれ」

レイヴァルトの声に、ガラス職人のうち数人がさっと集まってくる。

「お任せくださせぇ殿下」

「えっちょっ⁉」

驚く男にかまわず、彼らは青年を拘束した。そのまま遠くへ引きずって、連れて行く。

「あの、怪我の手当てにこれを！」

マリアは慌てて走って、青年をつかまえている者の側にいた職人に、怪我用の軟膏が入った小さな入れ物を渡した。

「あんな奴に優しいなぁ嬢ちゃん。殿下のいうことを聞いておけよ！　むやみに動かずにいるんだ」

そう言って彼らはもっと遠くへ立ち去った。

「では君はここにいて。あちらに対処しなければならないからね」

レイヴァルトはマリアを残し、幻獣の近くへ戻って行く。

幻獣は、少しガラスの森へと戻っているように見えた。

そこへレイヴァルトが近づくと、幻獣も一歩退く。

意識がそれた隙に、横からラエルが襲いかかった。

透明な剣が一閃《いっせん》する度、黒いガラスの羽が飛び散る。

バサバサと樹上から落下する蛇のように地面に横たわり、ほんの数秒だけ生き物のようにうねって静まった。

反対側へ身を避けようとした幻獣は、大きな盾を構えたイグナーツにぶつかって、身を離す。

なにか鳥の幻獣が嫌がるものを、盾につけているのかもしれない。

そこへ剣を抜き放ったレイヴァルトも攻め込み、鳥の幻獣は大きく後退し、ガラスの木々の中へ入った。

「おおお……」

と職人達から歓声が上がった。

それに一瞬遅れて、鳥の幻獣が飛び上がった。

「木の陰に！」

近くの職人の声に木の後ろへ逃げ込みながら、マリアは見た。

高く見上げるほどに飛び上がり、ガラスの木の数本に足をかけて載った鳥の幻獣が、空からガラスの矢羽根を撃ち出したのだ。

雨のように降る矢羽根は、地面で砕けて散る。

職人達はその破片で切り傷を作るものもいて、悲鳴を上げてさらに遠くへ逃げた。

一部逃げ遅れた職人をイグナーツがかばい、ラエルはどういう身体能力をしているのか、その矢羽根を剣で撃ち飛ばす。

そしてレイヴァルトは、祈るように剣を両手で持っていた。

(なにかの儀式？)

マリアが不思議に思った時には、レイヴァルトは幻獣へ向かってその剣を投げつけた。

恐ろしいほどの力を持っているのか、レイヴァルトの剣は樹上の鳥の幻獣に届いた。

突き刺さった瞬間、割れ鐘を鳴らすような音が響き渡る。

(幻獣の、悲鳴だ)

聞いたことなどなかったが、状況からそうなのだと思う。

鳥の幻獣は、喉をそらすように上を向いて口を開いていたから。

ふらり、鳥の幻獣は足を木から踏み外して落下しかけた。

しかし再浮上する。

地上にいるマリア達は、思わず身構えたが、そのまま幻獣は飛び去った。

隣で木に張りついて動向を見守っていた職人達が、一斉にはーっと息をつく。

マリアはすぐに怪我人の元へ飛んで行った。

職人達にも、何人かガラスの羽で怪我をした人がいたのだ。

が、レイヴァルト達が追い払ったおかげなのか、小さな切り傷ができただけの人が多かった。

「いやぁ、近場に薬師がいるってのはいいもんだな」

マリアが治療を申し出ると、職人達はにこやかな表情をしてくれる。

各々、持ってきていた水で傷口を洗ってもらい、手を清潔にしたマリアが薬を塗っていく。

浅いので、あとは包帯を巻いて不用意に触らないように、薬がすぐ剥《は》げてしまわないようにしておけば大丈夫だろう。

「みな、問題ないかい？」

そこへ、ラエルとイグナーツを連れたレイヴァルトが来た。

レイヴァルトは一人ずつ肩に手を触れて様子を聞いて回っている。

（ずいぶん細やかに気をつかう王子様だ……）

マリアは驚きながらも、手当を続けた。

だけど、職人に声をかけるたびに、レイヴァルトの顔色が悪くなっていくのを感じて不安になる。

手当があらかた終わったところで、職人達は再び切り倒したガラスの木の回収を進めた。

急いで分割して町の近くへ運び、続きの作業をするらしい。

職人の動きは慣れた人のもので、マリアが荷物である肩掛け鞄を持った頃には、彼らも移動の準備ができていた。

最初に怪我をした男を遠くへ連れて行った職人達も、折よく荷物の運搬に使う馬車を連れて戻って来ていた。

レイヴァルトに一礼して歩き始めた職人達をなんとなく見送ってしまったマリアを、レイヴァルトが労《いた》わった。

「君も怖いことに巻き込んですまないね」

疲れた表情のレイヴァルトは、やっぱり顔色が青白い。領主の仕事が忙しくて、疲れがたまっているのだろうか。

「それは問題ないです。怪我人のすぐ近くにいられたことは良かったと思いますが……。ガラスの森の側にいると、ああいった幻獣が襲ってくることは頻繁《ひんぱん》にあるのでしょうか……？」

マリアが気になったのはそこだ。

なにせ森近くでの一人暮らし。町まではやや遠いことは変わらない。今回のようなことが起こっても、足の遅いマリアが逃げられるかどうか怪しいのだ。

「あそこは大丈夫だと思うよ」

「え、なぜですか？」

レイヴァルトにたずねたマリアだったが、その返事はすぐには返ってこなかった。

「殿下！」

ふっとレイヴァルトがその場にしゃがみこんでしまったのだ。横にいたラエルが、ものすごく嫌そうな顔をしつつとっさに支えなければ、その場に倒れてしまったかもしれない。

「殿下!?」

近くにいたイグナーツが驚いて駆け寄る。

しかしレイヴァルトは答える気力もなさそうだった。苦しそうに息をしながら、心配するなというように手を弱々しく振ってみせる。が、その手をがしっとイグナーツに掴まれていた。

「大丈夫ではございませぬ殿下！　ご容態は!?　ご自身で動けそうですか？」

イグナーツにはレイヴァルトがなにを言いたいのかわかるらしい。呼びかけに、レイヴァルトは、首を一度横に動かした。声を出せないほど辛いのか、返事はしない。

「失礼します」

病気なのか怪我なのか。

マリアは近づいて様子を見るため、レイヴァルトと膝《ひざ》を突き合わせるほど側に膝をついた。

額《ひたい》に触れて熱を確認する。次に耳の下に触れるが、腫《は》れてはいない。

(脈を診ましょう)

手っ取り早く首の血管に手を触れて確認してみる。……少し早い。

苦し気に吐く息が、ふと手に触れた。

(冷たい？)

春がすぎ去りかけた季節の今でも、人の体温の方が外気温よりも高いはず。なのに冷たいなんて。

「この症状は、白風邪《しろかぜ》？」

呼気から冷たさを感じる、独特の風邪だ。

最初は普通の風邪と変わりないのだけど、体温が下がりがちになり、顔色は青白くなる。

そして不思議なことに、息が冷たく感じるのだ。

体を温める薬が必要で、頭痛や寒気のせいで普通の風邪と勘違いし、うっかり熱さまし効果のある薬を飲んでしまうと、ものすごく容態が悪化する。

「病気なんですか？」

マリアに質問したのはラエルだ。

厳しい表情でレイヴァルトを見ている。

「おそらく風邪の一種かとは思いますが……」

「日頃の疲れもあるんだろう。……城よりはここから近いので、薬師殿の家で休ませてやってほしい」

イグナーツにそう言われ、マリアはうなずく。

「では、殿下を家まで運んでいただけますか？」

「ラエル、馬に乗せるのを手伝え」

「ああ」

イグナーツに指示され、ラエルはイグナーツの馬にレイヴァルトを乗せる手伝いをする。レイヴァルトは二人がかりで、容赦《ようしゃ》なく持参していたロープでくくりつけられていた。

さてマリアの家で休ませるのに否《いな》はないが。

(どの部屋にしよう)

薬を作るのに忙しくて、まだ他の部屋を片づけていない。使える寝台は、マリアの部屋のものだけだ。

(いえ、そこに殿下を寝かせて、隣の部屋を掃除して私が使えばいいわ)

考えていると、ラエルに呼ばれた。

「君はこちらへ来てください」

マリアはラエルの馬に乗せてもらった。

ちょっと緊張する。なにせ出がけにレイヴァルトとマリアをとりあったばかりなのだ。

ラエルはそれを察したようだ。

「そんなに怯《おび》えないでください。時と場合は心得ていますから」

その言葉に、マリアは少し気をゆるめた。と、その隙を突くように質問される。

「君は、どこで薬師の知識を学んだんですか？」

「ええと母が薬師で……」

「どこかの学院を出た人間だったとか？」

そこを突っ込まれるとマリアは困ってしまう。なにせ母は……。

「母がどこで学んだのかはしっかりとは聞いていないんです。まだ私が幼い頃に亡くなってしまって。ただ師に学んだようなことを言っていました」

薬師は免許制ではない。

知識と技術があって、薬を作ることができれば店を出すことができる。

村などにいる薬師の老婆《ろうば》などは、たいていが師から教えられた人だ。

そもそも学院というのは、お金持ちでなければ通えない。なので貴族の三男坊などの、家を継がない者が手に職をつけるために通う場所、となっていると聞いていた。

最近は学院出の薬師が増えているうえ、商人達もそういった人物と繋《つな》がりのある方が商売に有利だからと、彼らをひいきしがちだ。

おかげで学院を出ていない薬師は軽視されることが多い。

ラエルにも「えっ……」と困惑されるかと思ったが、彼はさしたる反応もみせない。

「なるほど、師匠がいたのですね。殿下の父親とは違うのですね」

「殿下のお父上は薬師だったのですか？」

セーデルフェルト王国女王の前の夫だ。貴族の、しかも王女と結婚できるのなら貴族家の当主になるはず。なぜ薬師になったのだろう。

「殿下の父親も、自分で薬の研究をするような人物だったらしいのです。元々病弱だったから、興味を持って研究を始めたものの……。それでも自分の病気を治せずに没したのだと聞いています」

自分の病気を治すためだったらしい。

そして話を聞いたマリアは少し悲しくなる。

治す薬が間に合わずに、亡くしてしまった養父のことを思い出すから。なので、別な話題に変えようとした。

「あの、殿下の専属の薬師を呼んだりなさらないのですか？　もちろん私も応急処置はいたしますが、専属の薬師がいるなら、私が手をかけることは嫌がられたりしないでしょうか」

なにせ王子だ。

町の人が噂《うわさ》していたように、母である女王達とも距離を置かれている不遇な人とはいえ、そういった人物が側にいると思ったのだけど。

ラエルは苦笑いした。

「殿下はいろいろありまして……専属の薬師というのは連れて来ていないんですよ」

「いろいろ……」

薬師がいない。それは信用していないからか？

……例えば薬に毒が混ざっていたとか、効く薬を処方されないとか。

マリアは自分で想像したのに、ぞっと背筋が凍るような思いになった。

王族といっても、いいことばかりではないと養父から聞いていたが、こんな間近でそんな実例に接することになるとは。

なんにせよ、王子を治療しなくてはならないのには変わりない。

「では、精一杯のことをさせていただきたいと思います」

マリアがそう言った時、ちょうど家に到着したのだった。

「まずは二階の寝室へ運んでください」

そう言うと、まだ気力は残っていたレイヴァルトがうめくように言った。

「私は居間のソファでいいんだ……」

「その状態では無理でございます」

イグナーツにあっさりと却下され、レイヴァルトは否応なしに二階の部屋へと運ばれた。

マリアは今現在すぐ使える寝具がこれしかないことを詫《わ》びつつ、イグナーツにレイヴァルトの上着と靴を脱がせ、横たえてくれるように頼んだ。

なんだかんだと限界だったらしいレイヴァルトは、寝台に落ち着くとほっとした表情になる。

それを見て、マリアは薬を用意した。

白風邪なら、体を温めるものにしなければならない。

「ジンジャーにエフェドラ、ナツメ、シナモン、リコリス……この薬に、少しあれを混ぜましょう」

粉にしていたハーブを天秤で量り、薬を作る。

さらに杯《カリス》に入れ、ハーブ入りワインを垂らした上で、ガラスの攪拌棒で混ぜる。

「手の平で夜は作り出され、月を呼び覚まし、全ての歪《ゆが》みを正す……」

おまじないをすると、ふっと赤い光が杯《カリス》から発され、薬に吸い込まれるようにして消えた。

「うん、これでいいわ」

最後に飲みやすくするため、蜂蜜で固めて小さな丸薬の形にした。

数日は処方が必要だろうと多めに作った中から、二粒を小皿に入れ、水と一緒に寝室に運ぶ。

レイヴァルトは、寝具にくるまりつつ、わずかに震えていた。寒さが増しているみたいだ。

それでも何か必要な指示を、イグナーツやラエルに伝えていた。

しかしそれも、マリアが来たことに気づいて途絶えた。

「まずは薬を飲んでください」

「ありがと……う」

レイヴァルトはイグナーツに支えられて、丸薬を水で飲み込んだ。

水を飲んだせいか、身震いしたレイヴァルトが再び横たわり、寝具にくるまる。

「では、少し良くなるまでここで休んでくださいませ殿下。のちほどお迎えに参上いたしますので」

目を閉じたレイヴァルトにそう言い、イグナーツは立ち上がった。

「殿下のこと、しばらく頼む。日が暮れる前には迎えに来る」

「はい、承知いたしました」

悪化するにしても、レイヴァルトの容態がどうなるかは、夕方にはわかるだろう。

動かせないとわかったら、またその時にイグナーツ達と相談させてもらえばいい。

「ラエルさんも出られるのですか？」

意外だったのは、ラエルも帰ってしまうらしいことだ。

王子を薬師の家に、一人で置き去りにする？　嘘でしょ？　と思ったマリアだったが。

「意外とこの家は安全ですからね」

(森に近い町外れの家が安全？)

ちょっと信じがたいマリアだったが、彼らがそう判断するのだからと口を閉ざすことにした。

イグナーツ達が去った後、マリアは自分の食事を手早く済ませ、再びレイヴァルトの様子を見に行く。

ノックをしたが返事はない。

「殿下？」

扉を開けて声をかけても、何も答えない。

近づいてみると、ほんの数分のうちに深く眠ってしまったようだ。

「体調不良には眠るのが一番だものね」

夕方までしっかり眠れば、かなり回復するだろう。

一方で、こんな風に眠ってしまうのだから、相当に具合が悪かったに違いない。

「我慢していたのは、専属の薬師がいなかったせいかしら」

王子様だというのに、なんとも気の毒な話だ。平民でもあり、一時的にまがいものの貴族令嬢だったマリアからすると、王子様というのは周囲から大事にされ、守られる存在のように思っていたのだが。

熱を確認しようと額に触れると、まだ冷たい。

上掛けの中に手を突っ込んだが、思ったより温まっていないようだ。

「本人の体温が足りないのね」

人は眠る時に、体の中の熱を発散する。だから布団の中が温かくなるし、目覚めた時には体温が低くなっているので、寒さがいっそうこたえる。

でもこれでは、眠っている間も寒いばかりで、回復がすすまない。

「……湯たんぽを作りますか」

湯たんぽは、水まくらの中にお湯を入れたものだ。

マリアはレイヴァルトの上にもう一枚毛布をかぶせると、台所のかまどの火をおこし、湯を沸かす。沸騰するより少し前にヤカンを火からおろし、水まくら用の入れ物に投入。布で巻いて触れた時の熱さを調節する。

それを三つ作り、一つはレイヴァルトの左脇の下。もう一つをお腹《なか》の横に置く。

「さむ……」

上掛けをとってしまったせいか、レイヴァルトが眉間《みけん》にしわをよせてうめいた。

「すみません、今すぐ毛布を掛け直しますね」

ささやいたマリアは湯たんぽをもう一か所に置き、手と体を伸ばして毛布に手を触れた時だった。

「…………！」

毛布ごと、レイヴァルトにマリアが抱き込まれてしまう。

しかも彼は、離すまいと横向きになってしっかりと毛布とマリアを拘束した。

「あのっ、そのっ」

離してほしいけれど、思わず声を潜《ひそ》めてしまう。

病にかかった人間が無意識にとった行動だとわかっているので、責めることもできない。

何より回復のために眠っている患者を、起こすのはしのびなくて。

そんなことを考えて困っているうちに、マリアはレイヴァルトのまつげの長さに気づく。

白風邪のせいで青白い頬は、石膏《せっこう》の像のよう。

でも唇は、紫色から赤みがさしてきていた。体が温まった証拠だ。

処置は間違っていなかったらしい。

回復していると感じたマリアは、心が鎮《しず》まる。

「治ってほしいな」

自分をガラスの森で助けてくれた恩人だ。

養父を助けられずに亡くしてしまったから、なおさらにそう思う。

でも、彼はなぜガラスの森の奥にいたんだろう。王子が危険な場所にいるのが不可思議だったし、彼の落ち着きようはまるで……。

（そこが危険ではないと思っているか、もしくは自分の命がなくなってもかまわないと思って

いる人みたい）

　そんな怖さを感じる。

　こうして温かさを感じていると、守りたいと思えた。

（殿下の方が強い人でしょうに、私、ひよこのように思うなんておかしいわね。それともいっしょうけんめい温めているせいで、卵を温めてる気分になってしまったのかしら？）

　心の中で笑ってしまったその時――レイヴァルトがつぶやく。

「甘い匂い……」

「………」

　なるほど。匂いにつられてマリアを拘束したらしい。

　やっぱり王国の人は、匂いにこだわる人が多すぎではないか。

　笑いそうになったところで、レイヴァルトは気になる言葉を口にした。

「彼女が……帰りたくなくなるように……優しくして……」

（え……？）

　マリアは自分の耳を疑った。

（帰りたくなくなるように？）

　なんだろう。もしかしてマリアのことだろうか。

　そして、単語から連想されるものは、一つだ。

（殿下やイグナーツさん達が私に優しくしているのは、全部、演技だった？）

マリアがここにずっと住み着くように。

帰りたくないと思うように？

とたんに感じたのは、悲しみだった。

母を亡くして、一人きりでとほうにくれていた十歳の頃の自分を思い出す。その時ぐらいに孤独な気持ちになっていた。

「でも、当然よね」

薬師はいればいるほどいい。だから領主としても、留めておきたいのだ、と理解できる。

そのために優しくするのは当然で……。でも、納得させようとするとレイヴァルトの優しい微笑みを思い出してしまって、もっと切なくなる。

(どうして……)

歯噛《はが》みした時、玄関のノッカーを叩く金属音が響いた。

「……ん！」

来客だ。

マリアはもう一度、レイヴァルトから離れる努力をする。

今度はレイヴァルトの腕からするっと逃れられた。もしかしてこの数秒で、深い眠りに落ちたのかと思ったが。

「……ひっ」

レイヴァルトの腕は、物理的に持ち上げられていた。

寝台から少し離れた場所にいる、灰色のハムスターが持つ枝で。

ハムスターはマリアと目が合うと、ニヤッと笑みを浮かべて、レイヴァルトの腕の下に差し込んでいた枝を下ろす。

ハタリ、と彼の手がベッドの上に落ちるが、レイヴァルトが起きる気配はない。

「あ、ありがとう」

マリアはハムスターに礼を言い、レイヴァルトの額に触れて温かさを確認する。それから湯たんぽの位置を調節してから階下へ向かった。

一度深呼吸をしてから開けると、小さな女の子を連れた女性がいた。

金色のおさげ髪の女の子は、青白い顔色をして具合が悪そうだったが、まだしっかりと立っていられるようだ。

「薬師さん、もうお薬をわけていただくことはできますか？　明日だとは聞いたのですけど……」

どうやら町での噂を聞いた人らしい。

「薬を作成途中なので、症状によりますが……。まずは入ってください」

具合の悪そうな女の子を、そのままにしておくことはできない。なのでまず入ってもらい、女の子とその母親を居間のソファに座らせた。

「体調はどんな感じですか？」

たずねると、母親がおずおずと答える。

「風邪みたいに時々咳をするんですが、熱はないみたいで……」

「ちょっと失礼。触らせてね」

マリアは母親と本人に断って、女の子の額に手を触れた。

——熱はない。

ふと思いついて口元に手を当てる。

呼気が冷たい。おそらくレイヴァルトと同じ症状ではないだろうか。

「あの、なにか変な病気なのでしょうか？」

不安そうに質問されたマリアは、安心させるように微笑んだ。

「時々ある白風邪というものだと思います。まずは体を温める薬を飲んで、様子を見てみましょう。白風邪ならば、三日も経《た》てば改善してくると思いますし、明日になっても改善の兆《きざ》しがないようでしたら、また別の手を考えましょう」

マリアの答えに、母親はほっと息をついた。

「お願いします。お薬のお値段はどれくらいになりますか？」

「お子様は大人より薬の量が少ないですし……三日分で、銀貨一枚で」

大人と子供では分量が変わるのだ。

それなら払えるだろうと言う母親にうなずき、マリアはさっそく薬を作ることにした。

処方するのはレイヴァルトのものと同じ。少量にして、効果は強めすぎないように再度杯《カリス》を使うのはやめる。

そうして作った薬を渡すと、女の子を連れた母親は微笑んだ。

「ありがとうございます。うちの子が男の先生は怖いと言ってきかなかったので、女性の薬師先生が来てくれて助かりました」

そう言って帰って行った。

親子を見送ったマリアは、ほっと息をつきながら扉を閉めた。

「さて……」

もう一度レイヴァルトの様子をみなくては。

でも彼の側に行くことに抵抗があって、そんな自分に戸惑う。

「だめ。あの人は患者なんだから。それに心が近づいたように思えたって、王子様は遠い存在なんだもの」

伯爵令嬢ではなくなった自分が、近づけるような相手ではない。

それにレイヴァルトは、元々『薬師のマリア』に配慮してくれていただけだ。長く居つくように勧誘したいから。

親しい人のように思うのが間違っている。

そう自分に言い聞かせた上で、マリアはレイヴァルトの眠る部屋へ入った。

彼はぐっすり眠っていて、頬も少し青白さが解消されたように見える。

「ちょっと脈も診ておこう……」

かといって、先ほどのように首に触れてはいけない。せっかく寝ていたのを起こすことになる。

　だから手首でと考えたのだが。

「そうだ手袋、このままでいいのかしら」

　レイヴァルトは手袋をしたままだった。イグナーツ達は手袋を外さずにいたけれど、体の動きを阻害しやすいものが少ないほど、体を休められる。

　だから手袋をそっと外したマリアは、息をのんだ。

「……………これは」

　レイヴァルトの指が全体的に黒ずんでいた。

　何か恐ろしい病でもかかえているのか。そもそもこの指先の黒ずみは、レイヴァルトの体調不良と関係があるのでは？

　調べなければと感じたが、勝手にしていいことではない、ともマリアは考える。

　手袋を外さなかったことから、ラエル達も彼の状態については把握しているはず。

　その上で体調不良の部分だけを、マリアに診てもらおうとしたのだ。

「別の病か……毒の影響なのかもしれない。だったら見なかったことにするべき？」

　そもそも、今のマリアは平民だ。

　王子であるレイヴァルトが隠していたことを暴いた時に、秘密を守るために監禁されたりすることも考えられる。

「それでは、故郷に戻れないものね」

せっかく手紙も出したというのに、それ以後なんの音沙汰《おとさた》もなくなったら、叔父や伯母達に新たな心配の種を増やすことになるだろう。

でも見逃すわけにはいかない。

悩んだ末、マリアは今の病状と関係ないかだけでも確認することにした。症状に合わない薬を飲ませていたら、後で妙な副作用が出ることもある。

それでレイヴァルトがより苦しむことになるのだけは、避けたかったのだ。

左手の手袋を脱がせてみると、五本の指全てが、第二関節まで黒ずんでいる。まるで壊死《えし》したように……。

「でも、動かしてた」

だから壊死しているわけではない。そっと触れてみれば、ちゃんと黒ずんでいる部分も温かい。

息をついたところで、ふと人さし指の先に怪我があるのがわかった。

刃物で小さく傷つけたようなものだ。指の色が黒っぽいせいで、全くわからなかった。

「どうしてこんなところに？」

その傷口をもっとよく見ようとした時だった。

いきなりレイヴァルトの手が動く。

マリアの手が掴まれ、ぐらりと世界が回ったかと思うと、レイヴァルトに組み伏せられていた。

その瞬間こそ厳しい目をしていたレイヴァルトは、相手がマリアだったと気づいてハッと表情を変えた。

「君か……。すまない、誰か別の者かと思った」

と言いながら、彼はマリアの肩を押さえた手を離さず、じっとマリアから視線を外さない。

思わずレイヴァルトを見返していたら、マリアは目をそらせなくなる。

ひどく自分の存在を求められているような感覚に、なぜか吸い込まれるように彼に近づいていくような……。

いや、違う。

これは彼の方が自分に近づいているのだ。

そのことに、マリアは怯えるのでもなく驚くのでもなかった。

ただ、どうしてそんなにも自分が求められているのかという疑問と……自分の中にある喜ぶ気持ちに戸惑っていた。

この人は、薬師を町に増やしたくて優しくしているだけなのに。

寂しくなっていた時に親身にしてもらえたから、慕《した》わしく思えるだけだとわかっているのに。

レイヴァルトがもう一度ハッとしたようにマリアから離れた。

マリアの肩を押さえつけていた腕を離して起き上がった後、バシバシと自分の頬を叩き始めた。

「あの、大丈夫ですか……?」

「くっ……。問題ないよ」

答えたレイヴァルトは、苦悶《くもん》の表情でふらつきながらも、マリアから離れようとする。

なのでマリアの方が先に彼から距離をとった。彼の行動の原因がなんとなくわかったからだ。

――匂いだ。

(たぶん匂いに釣られてまともに話ができない気がしたから、離れたいのではないかしら)

なにせ寝言でさえ「甘い匂い……」と発言するような人だ。

予想通り、マリアが寝台を下りて一歩離れただけで、レイヴァルトはほっと息をついた。

同時に、マリアは心の中に少しだけ落胆を感じた。

自分が求められたわけではなく、作った薬品の匂いのせいだったからかもしれない。

心の奥にある寂しさに、レイヴァルトに依存しつつある自分を見つけて、なんだか落ち着かない。

「ええと……なぜ私の手を見たんだい？」

柔らかな口調で聞かれて、マリアは素直に話した。

「最初は、お休みになるのに不都合があるのではと思って、外しました。けれどその状態をよく確認しようとしたのは、薬の処方に必要だと思ったからです。殿下に飲ませた薬がその手に影響しないか心配になったので」

レイヴァルトは静かに耳を傾けてくれた。

「それで、どう判断したんだい？」

「手の指の機能には問題なさそうなこと、薬を飲んでからしばらく経ちますが、温度の変化も他の部分と変わらない……。なので、普通に薬を処方して大丈夫だと考えましたが、それでお間違いありませんか？」

「ああ……」

レイヴァルトは再び手袋をはめて黒ずんだ手を隠し、困ったように前髪をかきあげた。

「君が、薬のことだけ考えていたのはわかったよ。薬師には二通りいるとはよく言ったものだ。君は薬の効果のことや、自分の処方が間違っていなかったかだけを考えていたんだな」

その言葉に、マリアはふっと首をかしげたくなる。

どこかで聞いたようなフレーズだ。

「だが、このことは他言無用にしてくれると嬉しいな」

「治療は……していらっしゃるのですか？」

思わず聞いてしまったが、マリアは後悔する。

手袋までして隠していたのだ。きっとレイヴァルトは根掘り葉掘り聞かれたくなかっただろう。それにこの質問は、マリアが安心したいからという理由から出たことを、口にしてから気づいたのだ。

「君が治療をしたいのかい？」

レイヴァルトの言葉に、マリアは少したためらった。

「……私に治せるのかはわかりませんが、治療させていただけるのであれば、手はつくしたいと思います」

「それではダメだね」

レイヴァルトは首を横に振った。

「君がずっと私の側にいて、治療を続けるというのなら事情も全て話そう。でもそうではないのなら難しいな」

「そう……ですか……」

断られて、マリアは心がゆらぐ。

目の前に病で苦しんでいるのかもしれない人がいるのに、何もさせてもらえない。治療もしてはいけないというのだ。

どうにかできないか、とマリアが葛藤《かっとう》していると、レイヴァルトが言った。

「君にひどいことを言っているのだとは、わかっているよ。でも事情が込み入っていることだから、無理なんだ。だから君には知られたくなかったんだけど……」

(知られたくなかった？)

マリアは顔を上げる。

困った表情のレイヴァルトは、嘘を言っているようには見えない。

彼も治療はしてほしいと思っている。だけどそのためには、マリアが自主的にここへ残り続けることが必要らしい。レイヴァルトの病状には、なにか秘密があるのかもしれない。

だけどマリアをキーレンツ領へ縛りつけたいのなら、無理にでもその秘密をマリアが暴いたように振る舞えばいいのに。

そう思っていると、レイヴァルトがうつむいた。

「知れば、君を故郷に帰すわけにはいかなくなる。でも君はまだ、帰りたいんだろう？　その意志を無視することはできない。私は勝手気ままなハムスター達とは違うから」

マリアは目を見開く。

（殿下は、私が帰りたいと思っていることを知っているから……言わなかったんだ）

だから彼は、治療をしてほしいだろうに隠していた。

あくまでマリアが『ここは居心地がいいですね』と言って、住み続けたいと思ってもらいたかったのかもしれない。そんな彼が精一杯マリアを焦《あせ》らせる言葉が、治療したいのなら……というものだったのではないだろうか。

それでいてレイヴァルトはあっさりと言う。

「帰るつもりなら、このまま忘れてほしい。いいね？」

優しいレイヴァルトは、マリアが望む方向を向けるように、そう話を打ち切った。

なのに、マリアは予想外に衝撃を受けていた。

――このまま忘れてほしい。

その言葉が心にひっかかってしまったマリアは、どうしていいかわからなくて。

「ありがとう……ございます」

その気持ちに礼を言うことしかできなかった。

レイヴァルトにもう少し眠ってもらうことにして、マリアは予定していた薬作りを始めた。

もちろん、合間に部屋を訪れはしたものの、戸口から必要な物がないか聞いたり、水などを運ぶだけにとどめた。

秘密を知ってしまったこと。そしてレイヴァルトの願いを断る形になったことが心にひっかかって、どうしても今まで通りにできない。

イグナーツとラエルが再訪したのは、空の色が少しくすみ始め、太陽の姿が森の木々の向こうに消えた頃だ。

「世話になった、薬師殿」

レイヴァルトの様子を見たイグナーツは、先に階下へ降りて来てマリアにそう告げた。

ラエルに見守られて、レイヴァルトがゆっくりと手すりを伝いながらエントランスへ降りて来た。

「迷惑をかけたね」

レイヴァルトはいつも通りの微笑みを浮かべている。

「……いいえ、お代はきちんといただきましたから」

マリアもなんとか微笑んでみせた。本人がそういった対応を望むなら、マリアは何も知らないふりをした方がいいと思ったから。

「三日間、まずは薬を飲んでご静養ください」

「ああ、回復したらお礼を言いに来るよ」

弱々しい笑みを浮かべ、レイヴァルトは騎士二人と一緒に外へ出た。

マリアはそれをエントランスから見送り、扉が閉まるのと同時にふっと息を吐く。

「とにかく忘れよう」

レイヴァルトのあの手のことは心配だし、今すぐにでも調べて治せるかどうか試してみたい。

だけど、レイヴァルトの条件を、マリアは越えることができないのだから。

「治すことを拒否されるのは、やっぱりちょっと辛いわ」

でもマリアは帰らなくてはならない。

「せめて、クリスティアンさんが診てくれるといいのだけど」

ここにずっといられないマリアではできないのなら、誰かに任せるしかない。

とはいえ、クリスティアンがレイヴァルトの状況に気づかなければ、レイヴァルトが明かすとは思えない。

「うー。考えても仕方ない！」

気分を変えるため、マリアは自分の両頬を叩いた。

パチンといい音がして、少ししゃっきりとした。

そうして作業場へ戻ったマリアは、先ほどまでいなかったハムスターが二匹、ちょんと椅子に座って自分を待っている光景に目をまたたく。

それから思わず笑ってしまった。

「早めの夕食にしましょうか。シロップはいかが？」

マリアが声をかけると、ハムスター達は嬉しそうに目を細める。

そんな彼らにシロップを与え、その後は昨日のように薬を作って過ごし、眠った。

他人を、しかも殿下を休ませた寝台を使うのは、なんだか妙な気持ちがしたけれど、何も感じないふりをして目を閉じる。

だけど眠りに落ちる前と目覚めてから、ふんわりと鼻をくすぐるひだまりのような香りに、少し胸が締めつけられた。

森の薬師の家から城までは、少し距離がある。

町の外縁をぐるりとめぐって行くので、やや遠い。

不便だなと思いつつ、レイヴァルトは馬車の端に積んだクッションに体をもたれていた。

「殿下、お体は大丈夫ですか？」

窓を開けていたので、そこからイグナーツが覗《のぞ》き込んできている。

「大丈夫だ。今は問題なくなってるよ。かなり休んだしね」

倒れそうになるほどの状態だったのが、嘘のように体が軽くなっていた。万全ではないけれど、かなり軽快しているのはたしかだ。

これはたぶん——薬のおかげだろう。

先ほど確認してみれば、手の黒ずみも薄くなっていた。彼女が作る薬だけが、特別な証拠だ。

そこでふと、別れ際のマリアの不安そうな微笑《ほほえ》みを思い出す。

あんな顔をさせたいわけではなかった。でも、彼女の自由を守るためには、そうするしかなかったのだ。

無理やりに巻き込むことなどできない。

本来なら関わらずに済んだものに彼女を飛び込ませることになるなら、彼女自身がそれを望んでくれなければならない。

(それに、帰りたいだろうから……ね)

彼女は他国の人間だ。

親を亡くしたものの、他の親族を残して来たことはわかっている。たとえ修道院へ入ろうとしていたにしても、親族に容易に会えない場所で生きて行くより、親族が訪問できる場所にいたいかもしれない。

レイヴァルトもできればここにいてほしいが、無理強《じ》いできるわけではないのだ。

(イグナーツには、言えないな……)

さっきのことを知ったら、イグナーツはそれを利用してでもキーレンツ領へ住み続けるように誘導しようとするだろう。

それでだめなら、別の勧誘手段を探してくるのではないだろうか。

手っ取り早いのは、誰かの養女になってもらうか、婿《むこ》を探してくるか……。

そこまで考えたところで、レイヴァルトは胸にむかつきを感じた。

(結婚相手か)

たぶんこれは独占欲なんだと思う。

(本当は、ハムスター達に彼女の身の回りの安全を任せるのも、少し嫌なんだ)

愛らしい動物の姿で近づかれる彼女は、とてもうらやましい。

自分もぜひ、あの柔らかな毛皮に埋もれてみたい。

だけど彼女を抱きしめて、匂いを吸い込んで満たされた気持ちになるのは、自分一人だけでありたいという願望も持ってしまう。

(みんなの……森の薬師だというのに)

自分の独占欲にレイヴァルトは呆《あき》れる。

と同時に、結婚という手段がそう悪くないものだともわかっている。

ただ自分が結婚するのは……彼女が王国の人間になると決意してくれなければ無理だ。

王子という身の上は変えようがない。たとえキーレンツの領主として一生を過ごすことになったとしても、相手はセーデルフェルト王国に身を埋《うず》めてくれる人でなければならないのだ。

ため息をついたレイヴァルトは、ふと考えてしまう。

もし……。自分が王子ではなかったのなら。アルテアン公国側に住みながら、彼女の側《そば》にいる許可を得られるのではないかと。

(そうしたら、彼女と一緒にいられる……？)

ぼんやりと考え込んで、でもそんなことは無理だったなと自嘲《じちょう》したレイヴァルトに、ラエルが「そういえば」と言い出す。

「今日もまた、怪し気な者がうろついていましたよ、マリアさんの家の周辺に」

レイヴァルトは顔を上げた。

差し向かいに座っていたイグナーツが顔をしかめる。

「物取りか？」

レイヴァルトは苦笑いする。

「だけどあの家にいる限りは大丈夫だよ。幻獣が彼女を守る」

そう、彼らにとって彼女は唯一無二の存在だから。

# 四章　白い吐息の導く先で

その日の朝、マリアはいつもより早く起きた。

今日は開店だと気合を入れて顔を洗ったマリアは、朝食の直後から鳴ったノッカーの音に驚く。

慌《あわ》てて外へ出て対応すると。

「え……」

すでに五人ほどが、家の前で列を作って待っていたのだった。

早朝からこれでは後でもっと増えるかもしれない。

「こんなにお客が来るなんて」

先日、町へ行った時にはそんな兆候は感じなかったのに。

とにかく急いで支度をしなければ、とマリアはお客に待ってもらって慌ただしく準備をした。

まずは水だ。

水は薬を作るのにも使うし、手洗いや器具を洗うのにも使う。沢山《たくさん》汲《く》んでおけば、あとで効率よく作業ができるのだ。

そう思って作業場から、井戸へ出る扉を開けると。

ザバー。ザババー。

今日もイグナーツが、井戸の前で大きな壺《つぼ》に水を汲んでいた。

マリアよりも短時間で水を汲み終えたイグナーツは、無表情で振り返った。

「薬師殿。おはよう」

「お、おはようございます」

応じたマリアに、イグナーツが重々しくうなずいた。

「特に問題なく過ごしているか？」

「はい……」

そんなことを聞きつつ、イグナーツはいつも通りに壺を家の中に運び込み、すぐに立ち去ろうとする。

「私は仕事があるので、これにてご免」

そう言って、イグナーツは立ち去ってしまう。

「……毎日お手伝いに来る気なのかしら」

騎士が、薬師の家に？

マリアは助かるし、嬉《うれ》しいけれど、不気味だ。

「とりあえず、お客さんを待たせないようにしましょう」

マリアは手早く朝食を終える。今日は暇《ひま》がなくなりそうな予感がするので、昼食の支度も簡単にしておいて、いよいよエントランスへ向かった。

「はい並んで並んで」

外では、十人になった客が、ラエルによって並ばされていた。あいかわらずの潔癖症《けっぺきしょう》ゆえか、二歩離れての対応だったが。

道の向こうからやってきていた十一人目、十二人目もラエルが並ばせる。

誰もが薬師の家に来たら騎士がいたことに、驚きながらも素直に従っていた。

「ええと、ラエルさん？」

声をかけると、彼はにこやかな表情で振り返った。

「ああマリアさん。おはよう」

「はい、おはようございます」

「俺はこれで失礼させていただきます」

ラエルはそう言うと、最後尾の人に「次の人にもちゃんと並ぶように言っておいてくださいね」と告げ、立ち去った。

二人とも、仕事の前に立ち寄ったようだが。

「……………一体どうして」

度々《たびたび》水汲みに来てくれるのは助かるが、不思議だ。

とはいえ考えたところで、理由がわかるものではない。それより仕事だ。

「すみませんお待たせして。中も狭いので、三人ずつ中にお入りください。居間のソファが二つあるので、そちらに座って……」

マリアは薬師としての仕事を始めるため、並んで待っていたお客を中に招き入れた。

その後、お客は増え続け、結局閉店時間は日没後になったのだった。


——そんな日々が、三日も続いてしまった。


「材料、足りないわ」

三日目の夕方。

残る二人の薬を作っていたマリアは、在庫を見つつ渋い顔になっていた。

向こう三週間分ほどを見込んで薬の材料を買ったのだが、あきらかに尽きかけている。たった三日かそこらで、だ。

「この町の人口ってどれくらいだったっけ？　辺境の領主の城下町とはいえ、ガラス職人達がいて、その流通や商売なんかでけっこう栄えている町だから……」

推測から、少なく見積もっても五千人はいるはずだ。

薬師がクリスティアン一人しかいなかったのは、けっこうぎりぎりなのだ。青の薬師の座を狙っている彼としては、競合相手がいないので嬉しかったかもしれないが。

それはさておき、今日までの間にマリアの元に来たお客が、のべ百人。

「まだ……いる……。こんなに一気に白風邪《しろかぜ》の人が押し寄せてきたのだもの。まだ明日以降も来るはず」

二日目からは、あらかじめ薬を準備していたので、診察してから薬を渡すまではかなり時間を短縮できている。

でも、その日のお客がはけた後で、夜なべして薬を製作しているので、労働時間はそんなに変わっていない。

「明日は少ない可能性があるけど、油断できないわ」

先ほど、最後に並んでいた二組のお客から、自分達の区画では、そんなに状態がひどい人はいなくなったと聞いた。

明日はお客が少ないかもしれない。

「だから、今のうちだわ」

マリアは心を定めると、お客に薬を渡し、見送りながら伝えた。

「明日は材料の買い出しなどで、午前中はいないかもしれません。よければお知り合いに教えていただけますか？」

「ああそれなら薬師さん。何か一筆書いたものをよこしてくれたら、町の入り口にある掲示板に貼っておきますよ」

「掲示板ですか！　それは助かります」

お客だった、孫が白風邪になったというおばあさんが、教えてくれた。

店の休業や採取の日など、町の人はそれを見て知るらしい。この家から近い入り口の掲示板に知らせを貼っておけば、店を休んでいるとわかるだろう。

マリアは急いで紙に書いた。


『黄月十五日の午前中は、お休みしています　薬師マリア』


おばあさんは紙を受け取って、帰って行った。

「これで時間は確保したわ。午前中に仕入れをしましょう」

翌朝、マリアはいそいそと出かけた。

イグナーツやラエルは、掲示を見た上でいつも通りやってきていた。

「体調でも悪いんですか？」

心配するラエルや、渋い表情をするイグナーツに、マリアは笑って言った。

「薬の材料が少なくなったので、買いに行きたいんです。連日、お客さんが沢山来ているので、隙間《すきま》の時間に行けないので……。あらかじめ知らせる方法をとりました。だから心配なさらないでください」

そう話せば、イグナーツは納得して帰って行った。

「これから森を見回るので、これで失礼する」

「では、俺は町まで一緒に行くとしましょう」

一緒についていってもらえるのなら、その方が安心だ。

マリアも急いで支度をして、ラエルと一緒に外へ出る。

薬の材料を買うのにも時間がかかるが、早めに薬の処理をしなくてはならないので、今日は忙しいのだ。

ラエルはマリアのすぐ横を歩いていた。

本当に、マリアは潔癖の範囲に含まれないらしい。

「鞄《かばん》はなにが入っているんですか？　買い物だけにしては、少し物が多すぎるようですが」

ラエルはじっとマリアの様子を見た末に、そんな質問をしてきた。

先日買ったばかりの、大きなレースの飾り襟の白いブラウスや、くすんだ緑の胴衣とスカートが顔立ちに合っていないのでは……と疑っていたマリアは、予想外の質問に驚いた。

鞄の重さを量《はか》っていたとは。

「これは、万が一のために、薬を入れているんです」

「薬を？　しかも万が一とはどういうことですか？」

「世の中は、意外と物騒なので」

田舎《いなか》で、子供達がのどかにちょうちょを追いかけているようなリエンダール領でさえ、黒熱病が流行《はや》ってからは、少々治安が悪かった。

特に外から、盗人《ぬすっと》のたぐいが入ってきてしまったらしく、病気で抵抗できない人の家に入っては、ゆうゆうと物を盗んで行く事件も増えたのだ。

当時、養父の看病をしつつ、館《やかた》の周囲の人々に薬を届けていたマリアも、そういった盗人に遭遇《そうぐう》したことがある。

叔父《おじ》が心配して、館の従者を一緒につけていてくれたので無事だったものの、マリアも無防備でいてはいけないと反省し、様々な薬を持ち歩くようになった。

「毒とか……ですか？」

ラエルの質問には首を横に振る。

「毒だと、うっかり相手の手に渡った時が怖いので。気つけ薬とかですね。人に投げつければ足止めの役に立ちますし、あとは二つを掛け合わせないと、効果が発揮できないような眠り薬とか」

二つを合わせると煙が立ち上り、それを吸い込むと眠ってしまうという薬があるのだ。

説明しながら薬を取り出して見せたマリアは、その行動を後悔した。

「う、うあ……」

ラエルが食い入るような目で、マリアの持つ薬を見つめていた。

「ちょ、ちょっとだけ嗅《か》ぐだけでも……」

また匂いに反応したらしい。

「これはだめですよ。あまり量がないので」

身を守れなくなってしまう。

断ると、ラエルはしゅんとした表情になってしまった。

なんだか気の毒になってしまい、雑貨屋に置いてもらおうかと思って持って来た小瓶《こびん》を一つ差し出す。

「これは？」

聞きながらも、ラエルはその瓶からも匂いを感じているのだろう。目は輝き、頬《ほお》が上気している。

「シロップです。ハーブが入ったものなので、お気に召していただければ、ラエルさんに差し上げます」

「いただきます」

即答したラエルは、受け取った瓶をさっとポケットにしまう。

そして町に入ったところでマリアと別れた。

「ではまた」

そう微笑《ほほえ》んだラエルは、ずっと瓶を入れたポケットに手を触れていたのだった。

「不思議な人だわ……」

心底マリアの作る物の匂いが好きなのは、とてもよくわかったが。そのせいなのか、ものすごくマリアに気をつかってくれているのは嬉しいものの……。

「奇怪な」

つぶやきつつ、マリアは目的の店に入る。

今日はお客が他にもいた。奥の店主の前にも二人ほどいるようだが、店の中央に大きな棚があるので、入ってすぐのところからは奥がよく見えない。

マリアは目的の物を探した。

「これと、これはあったけど……」

やはり特殊なものは少ない。木のケースの中に一束だけ乾燥した葉が残っていたが、マリアの希望する量には足りなかった。

店主に聞こうとしたところで、マリアは目的の薬草の束を手にしている人物を見つけた。

「あ、エフェドラ……」

細い茎の束のような草を乾燥させたものだ。それを五束持っていたのは、眼鏡をした黒髪の青年クリスティアンだ。

「あ、あげませんよ！　これは僕が買ったもので――」

「お客さん、在庫まだあるがねぇ？」

クリスティアンが言いかけたところで、胴回りがゆたかで表情もとろんとした店主が、マリアに声をかけてくる。

「あるんですか……」

店主の言葉に、クリスティアンはほっとした顔をした。

(天邪鬼《あまのじゃく》な性格の人よね……)

自分が買い占めることになって、後ろめたいのでマリアについ強い態度をとってしまったのではないだろうか。ちょっと面倒な人だと思いつつ、マリアは店主の方に話しかけた。

「では在庫をください。三〇〇あればいいのですが」

「さんびゃくっ⁉」

量を聞いたクリスティアンがびっくりする。

「なんでそんな量が⁉　あなた薬師をするのは一時的ではなかったのですか？」

クリスティアンがそう言うのも無理はない。普通、三日分の薬でも一種類の材料を一グラムほどしか使わない。単純計算で三〇〇人分の薬を作れるのだ。

そこまで必要になることはあまりない。

「他の材料も……」

クリスティアンは、マリアが持っていた他の材料もチェックした。こちらもかなりの量だ。

「そちらにも白風邪の薬を求めるお客さんが沢山来ていると思いますが、たぶん、まだ数日は途切れないと思うのです。町の人口からすると、確実に二〇〇は必要になりそうなので……。後は、他の薬に流用できるものですから、作っておきたい薬の分と、万が一足りなくなった場合の予備を持っておこうかと」

「予備……」

マリアの話を聞いたクリスティアンが、店主に視線を向けた。

「僕にも、もう一〇〇お願いします、店主」

「あいよー」

店主は快く請《う》け合って、すぐに材料を出してきてくれた。

でもマリア達に渡しつつも、その表情がやや暗い。

「そんなに病が流行るんですかのぅ？」

「難しい病ではないと思うのですが……白風邪はご存知ですか？」

薬の材料を扱っている店主はすぐにうなずく。ある程度のことは知識として知っているのだろう。

「先日、薬を差し上げた方は治りつつあったので、病としてはそれで間違いないと思うのですが、ちょっとこの三日間、同じ症状の方が多くて……。クリスティアンさんの方は同じ見立てですか？」

マリアは、この町における補助の薬師のつもりなのだ。なのでクリスティアンの方針も把握《はあく》しておきたかった。

彼の方も、これについては隠し立てする気はないようだ。

「あなたと同じですね。今日は小康《しょうこう》状態みたいで、僕もこうして材料を調達に出られましたが、明日はまた来るでしょう。薬師が増えてもこの状況は……けっこう広がっているのでしょう。患者の方は、薬師が二人になったおかげで、処方してもらうまでの待ち時間が少なくすんで幸運だったかもしれませんね」

もしクリスティアン一人だったら、薬が手元に渡るまでに、かなり待たなければならなかっただろう。

彼も白風邪にかかる人の多さに苦労したようで、目の下にくまができている。

マリアも朝、鏡を見てくまを発見していたので、同じではあるのだが。

（私、お手伝いさんがいるし……）

なにせハムスターがいるので。

もっとハムスターにお礼のシロップをあげよう、とマリアは思いつつ、クリスティアンに同意のうなずきを返した。

「白風邪ですか……それならまぁ、心配ないといいんですがなぁ」

店主は続けて、気になることをつぶやいた。

「むかーしも、そんな感じで白風邪が流行ったことがありましたっけな。幻獣の呪《のろ》いと言っておりましたがなぁ」

「呪い……？」

思わずはんすうしたマリアと違い、クリスティアンは笑った。

「呪いだなんて、そんなものはありませんよ。何を言っているんですかね、はっはっは」

「そうかのぅ？　それならいいんだがなぁ」

店主は不安そうだが、クリスティアンは幻獣が原因だとは思っていないようだ。

（幻獣に襲われることなく、ガラスの森に入れる青の薬師になりたがっていた人だもの。幻獣のことには詳《くわ》しいはず）

そんなクリスティアンが気にしていないのだから、大丈夫なのだろう。

「ありがとうございます。それでは！」

マリアは急いで帰り、薬を作ることにした。

「材料はそろった。お手伝いは……いないけど」

帰ったものの、ハムスターは不在のようだ。

というか、ハムスターは来客が多い時にはあまり出て来ない。なのでここ三日ほど、人が沢山来るせいなのか、早朝か夜にしかあらわれないのだ。

一人ではちょっと時間がかかりそうだなと思いつつ、マリアは薬の下処理を進める。

そして昼には、読み通りに少ないながらも薬を求めるお客が来たので対応した。

夜は再びハムスターがこつぜんと出現したり、普通にエントランスからの扉を開けて登場したので、シロップと引き換えに手伝ってもらった。

そんなマリアの白風邪への対応は、五日ほど続いた。

その間、あいかわらず朝はイグナーツが水汲みをしてくれたし、ラエルが時々顔を出してはお客を並ばせたり、マリアが忙しそうだと用事を先に聞き取りもしてくれた。

それでも一週間、えんえんと夜中まで薬を作り続けていたせいか、マリアはへろへろになってきていた。

「どうぞお大事に」

今日最後のお客、白風邪にかかって寒そうにしていた女の子が、毛布にくるまれて、父親に抱えられて帰って行く。

　待つ間にマリアの作ったシロップ入りの温かいお茶を飲んだからか、女の子は見送るマリアに手を振るだけの余裕ができたようだ。

　夕陽《ゆうひ》に照らされる小さな手を見て、マリアは心の底から思う。

「良かった」

　薬で一瞬にして病気を治すことは難しい。だけどこうして、少しでも改善したところを見るとほっとするものだ。

　マリアは家の中に入ろうとした。今日は夕食を済ませた後、早く休むつもりだ。白風邪にかかる人も減って、ようやく一息つける時間ができたのだ。

　自分が病気にならないように、休みをしっかりとろうと思っていた……のだが。

「すみません。まだ薬をいただくことはできますか？」

　たずねてきた女性に、マリアは見覚えがあった。

「あ、お嬢さんの状態は、まだ……？」

　四日ぐらい前に来たお客だった。母親と同じ黒髪の十歳ぐらいの女の子を連れて、薬を頼まれたのを覚えている。あの時は、女の子もまだ調子はそれほど悪くなさそうで、シロップ入りのお茶を飲んだら顔をほころばせていた。

「ミーナは変わらず寒がっていて……」

　母親は言葉少なに説明してくれた。

状態はほとんど変わっていないらしい。薬を飲んで二時間ぐらいは体が温まって少し改善するようだが、効果がなくなると元に戻《もど》ることを繰り返しているようだ。

「それで、もっと強いお薬がいただけないかとお願いに来ました」

「なるほど……」

話を聞いたマリアは考える。

他の白風邪の患者と症状の治り方が違う。他の患者はおおよそ、三日ほどで改善していき、五日目にはほとんど普通に戻っているのだ。

おかげで一時的に病人が増えたものの、順調に白風邪は収まっていると思っていたのだが。

(別の風邪だった？　何か違う病気が絡《から》んでるとか……？)

頭の中にある症例にあてはめてみるものの、わからない。

マリアは少し迷って、ミーナの母親に言った。

「薬はもちろん処方いたしますが、先に一度、お宅にうかがって様子をみさせていただいてもいいでしょうか？」

「はい、ぜひ！」

ミーナの母親は即答してくれた。

たぶん、強い薬をもらって様子を見続けても、治るのか不安だったのだと思う。

「では、少しだけ居間の方で座ってお待ちください。必要そうな薬を準備してから行きますので」

マリアはミーナの母親を居間へ通すと、作業部屋に飛び込んで考えられるだけの薬を用意した。

「今まで通りの薬だと弱いから、大人用の薬の分量を変えて……」

強い効果のある薬を、さっと一つ作る。

「あとは炎症は起こしていなくても、なにか菌が体に入ったのかもしれないから、それを殺す薬と……。光の性質を強めたハーブエキスを、シロップに混ぜよう」

こちらも体を温める作用のあるカモミールのシロップに、タイムのエキスを混ぜ、小瓶に入れる。これは六日分作って、持って行くことにした。

「あとは体力の回復をしなくちゃ」

寒くなるにしろ、熱を出すにしろ、体にかなりの負担がかかる。体力を増強しないと、治るまで持たないこともあるのだ。

「幸い、ここにはいい薬草がある」

マリアは戸棚の中、前任者が残したという薬草を一つ取り出す。

それはガラスの花だ。

手の平ほどの大きさの花は、固く透明で、なぜかほんのりと温かい。花は植物がそのままガラス化したかのように繊細で、強く握ると壊れてしまいそうな薄さだ。

マリアは薄黄色のエルダーフラワーのシロップの瓶をだすと、中にこの花をひとひらずつ入れて行く。

ガラスの花は、中でふわりと青く輝いてたゆたい、一瞬だけシロップの色を青に染め変えた。ふっと青い色が消えると、シロップは淡い黄緑色になり、ガラスの花弁は消え失せていた。

マリアはこれも小瓶に入れて持つ。

用意した薬は全て鞄に入れ、待たせていたミーナの母親に声をかけた。

「準備ができました。行きましょう」

マリアはミーナの母親に先導されて、早足で彼女の家に向かった。

ミーナの母親がマリアの薬を求めたのは、すぐ近くに住んでいたからのようだ。

町の外縁に近い場所に、煉瓦《れんが》でつくられた三階建ての集合住宅があった。小さな家がいくつも入っていて、ミーナの母親達はその端の一階に住んでいる。

家の中は、暖炉のある居間と台所のほかは、小さな部屋が二つあるだけだ。

父親はまだ仕事で戻っていないらしい。

「ミーナ、薬師の先生がいらしたわ。起きてる？」

ミーナの母が、家の中に入って呼びかけると、部屋の一つから声が聞こえて来た。

続いてマリアが部屋を見れば、パッチワークの掛布団の中にいた黒髪の女の子が、寝た状態のまま母親に返事をしている。

「少しは眠れた？　具合は？」

「まだ、さむ……」

「今温かいものを用意するわ。その間、先生に診《み》てもらってね」

ミーナの母親はいそいそと立ち上がって、マリアに歩み寄る。

「すみません、お願いします」

「わかりました。あ、お母さん、よければこれを入れたお茶を飲ませてあげてください。体力の回復に役立つシロップです。長く続いていますから、体力をつけておいた方が治りも早いと思いますので」

「ありがとうございます。あの……」

嬉しそうだが、ミーナの母親は戸惑《とまど》っていた。おそらくはお代のことだろう。

「大丈夫、今回処方できる薬とシロップの全てを買っても、銀貨三枚ほどで間に合いますので」

銀貨三枚なら、突発的な病気の薬の代金としては、それほど多額なものではない。ミーナの母親はほっとした様子でシロップの瓶を受け取った。

「わかりました。よろしくお願いいたします」

母親がかまどへ向かったところで、マリアはミーナに話しかける。

「さて、私は薬師のマリアよ。今は寒いだけ？　お腹《なか》はすいている？　頭は痛くないかしら？」

「寒い……けどあんまりお腹はへってないよ。頭も痛い感じはしない。けど、なんかふわふわしてる」

ふわふわした感覚か、とマリアは考える。

頭痛が少なくて寒気が強く、体温が下がって呼気が冷たいのは、白風邪の症状としか思えない。

（なら、どうして治らないのかしら。この子の体力が少ない？　それとも白風邪に似たおかしな病気にかかっているのかしら。だとしたら、どこからか運ばれてきたのか……）

病は風とともにやってくる。

そう言われるのは、風向きによって他の大陸からの船がやって来る時に、新しい病気が流行ったりしたことが起源らしい。今では旅人が来た後、病気が流行る時の表現にも使われる。

旅芸人が原因だろうか、とマリアは推測する。

「あのねミーナちゃん。最近、なにか変わったことはなかった？　面白いものを見たとか」

「面白いもの？」

「楽しいことでもいいの。なにかいいことがあったら、それを思い出してみて」

頼んでみると、ミーナはうーんとうなった後で、何かを思いついたようにはっとした。

「病気になる前、ベリーの群生地を見つけたの。ルーイと、アン達と一緒に森の端っこに行ってね」

「まぁ、あれほど森の近くに勝手に行ってはダメと言ったのに……」

ちょうど飲み物を持って戻った母親が、困りはてたようにため息をついた。

「でもベリーいっぱいで美味《おい》しかったでしょ？」

「そうねぇ。その後で具合が悪くなった後も、ベリーはよく食べてくれたから、自分で自分のごはんをとってきたようなものね」

　堂々と反論するミーナに、母親は弱り切った表情でそう返す。本当は叱《しか》りたいのだろうけど、具合が悪い娘を怒るなんて気の毒すぎてできないのだろう。

「最近、ガラスの木を運び出す時に幻獣の出没が多いと聞いて、禁止していたんですよ。ハムスターは大人しいからいいけれど、他の幻獣はそうもいきませんから」

　ミーナの母が、森へ行くのを禁止していた理由を話してくれる。

　一方のミーナは、怒られないことに気をよくしたのか、さらに『いいこと』について教えてくれた。

「でも、綺麗《きれい》なガラスも落ちていたの！」

「ガラス？」

　聞き返すと、ミーナはまくらの下からガラスの欠片《かけら》を二つ取り出した。

　虹色の、窓から入る夕暮れの光の中できらりと光るのは、間違いなくガラスだ。

「まぁなんてものを！」

　ミーナの母親が悲鳴を上げる。

「虹色のガラスなんて拾って来てはだめなのよ！」

　慌ててミーナの手から、ガラスを取り上げてしまう。もちろんミーナは抗議しようとした。

「でも綺麗だったから、きっと高く売れるガラス……」

「虹色の、しかも落ちていた破片だけは売れないの。どこへ持って行っても断られるし、すぐに薬師先生に渡しなさいと言われるわ」

「売れないの？」

ミーナは不思議そうだった。

マリアも首をかしげる。売れないガラスなどあるのだろうかと。それに虹色なんてマリアは聞いたことがない。かなり珍しいものだと思うのだが。

「虹色のガラスは、薬師先生に渡して処理してもらうの。じゃないと、とても怖いことが起こるからって、私は母や祖母にも口をすっぱくして言われていたわ」

そしてミーナの母親は、マリアに「はいどうぞ先生」と渡してきた。

「ありがとう……ございます」

マリアはそれを受け取っておいた。

正直なところ、リエンダールでは「虹色のガラスは薬師に」という話は聞いたことがなかったので、これをどうしていいのかわからない。

が、そうしなければならない、と言い伝えられているのだから、なにか意味があるのだと思う。特別な病に必要な材料になるとか。持っていると病気になりやすいから、薬師が特殊な方法で始末するとか。

（病気に……なりやすい？）

自分で考えた理由に、マリアは眉をひそめた。

まさかと思う。

森のガラスはたしかに特別な力がある。だけど光の性質が強いものを持っていたところで、部屋が明るくなったりするわけではないし、黒いガラスを身に着けていたからと言って、色が移って皮膚が黒ずむようなこともない。

誰か、これについて知っている人に聞けないだろうか。

そんなことを考えつつ、マリアはミーナに問診をして、少し強めの薬を六日分渡しておいた。

ミーナ親子にいとまを告げたマリアは、外へ出て、暗くなり始めた空を見上げた。

「月が……低い」

最近忙しくて、月を見る暇もなかった。もうすぐ満月なのか、かなり円形に近づいた青白い月が、空の低い位置に出ている。

ぼんやり見上げてしまったマリアは、近くの家の扉が開いた音に振り返って、あっと思う。

クリスティアンだ。

ふっと、彼に聞いてみればいいのでは？　と思ったマリアは、クリスティアンに声をかけた。

「あの……クリスティアンさん」

「な、あなたは青の薬師様の家の仮住まい娘！」

ずいぶん長いあだ名だ。

面倒ではないかと思いつつ、マリアはクリスティアンに聞いてみた。

「虹色のガラスのことって、なにかご存知でしょうか？」

青の薬師に詳しいクリスティアンなら虹色のガラスについて、知っているかもしれないと期待したのだが。

「虹色のガラス、ですか？」

クリスティアンが首をかしげる。

「この町では、虹色のガラスを拾ったら、薬師に渡さなければならないと言われているそうです。でも私は新参者なので……、薬師はそのガラスをどう始末しなければいけないのか、よくわからないんです」

「僕も聞くのは初めてです。そもそも虹色のガラスなんてものがあるんですか？」

いぶかし気な顔をされ、マリアは彼に虹色のガラスを見せる。

「これなんですが」

「……っ、本当に虹色……」

クリスティアンは衝撃を受けたらしく、よろりと一歩うしろにさがった。

それから気を取り直して近寄り、もう一度虹色のガラスをよく見る。

「たしかに虹色ですね」

「母親が怒って子供から取り上げたものを、私にぽんと渡してくださったものなんです。こちらでお店を始められてからは、特にこういうことはなかったのですか？」

「全く。しかし母親が怒るほどというのなら、危険なものだと伝わっていて、薬師の使う薬で処分が可能なのかもしれません」

クリスティアンがわからないのなら、やはりこのキーレンツの町だけの慣習のようだ。

その時、クリスティアンがすごく言い難《にく》そうにマリアに告げた。

「むしろあなたの方が、なにかないんですか？　虹色のガラスのことがわかるものが」

「え？　わかるものですか？」

「青の薬師様が残した書きつけとか日記とか！」

焦《じ》れたようなクリスティアンの言葉に、マリアはハッとした。

「そう言えば……」

本棚に、沢山の本が残されていた。書きつけなどもあったみたいだが。

「ちょっ、あるんですか！　あるなら見せてください！　代わりに手伝いが必要ならなんでもしますから！」

むしろクリスティアンにとっては、虹色のガラスよりもそちらが本命のようだった。

マリアに掴《つか》みかからんばかりの様子で、目をカッと開いて頼まれた。

一方のマリアは「いい」と言いかけて思いとどまる。

見せていいのか、不安に思ったのだ。

あの家を借りているマリアには、見ても良いとレイヴァルトから許しが出ている。

(でも私だけで解決しようとして、手遅れになっては……)

自分だけでは見落とす可能性もある。それに自分の知識は、母から教えてもらって以来、ほとんど更新されていない。せいぜい黒熱病のために、付け焼刃で文献を読んだぐらいで。

もしこのガラスが病気に関係するものだったら、大変だ。

一方のクリスティアンは、他の人物に師事して、マリアよりも知識があり、セーデルフェルト王国における最新の情報を持っているはず。

(ミーナの治らない白風邪がこのガラスのせいだったとしたら、早く解明しないと、いつまでもミーナは病気のままだわ)

それではいけない。だからマリアは折衷案《せっちゅうあん》を思いついた。

「わかりました。借りている人間だから見ても良いと言われていますし、私もクリスティアンさんの助力は喉《のど》から手が出るほどほしいのです」

「では今すぐに！」

青の薬師のレシピが見られると思ったクリスティアンは、すぐさま駆け出そうとする。マリアはとっさに彼の首根っこを掴んだ。

「待ってください。一つ守っていただきたいことがあるんです」

「なんですか？　材料ならいくらでも必要な分を無償提供しますよ！」

相当見たいらしい。クリスティアンの熱意はわかったが、事前にきちんと了解をとっておかなければ。

「借主である私しか見てはいけない約束をしているのです。なので、私が見てクリスティアンさんに伝えたことにしてください」

マリアの提案に、クリスティアンは鳩《はと》が豆鉄砲を食ったような顔をした。せっかく良い顔に生まれたのに台無しだが、それくらいマリアの発言に驚いたらしい。

けれど呆然《ぼうぜん》としていたのも一瞬だ。すぐにキリッとした表情に戻る。

「見ることができるなら、それぐらいの嘘《うそ》などいくらでもついてみせましょう」

そういうわけで、マリアはクリスティアンを連れて家に戻った。

「こ、ここが、青の薬師様の家……」

家の中に入ったクリスティアンは、感動したように手を握りしめ、恍惚《こうこつ》の表情を浮かべた。

「居間で待っていてくださいね」

幸せそうに家の中を見回しているクリスティアンに言い置いて、マリアは二階の部屋へ向かった。

そうして書きつけらしい冊子を手あたり次第持ち、居間へと降りる。

「お待たせしま……」

居間に入ると、そこにはソファに座ったクリスティアンと、テーブルを挟んだ位置にどーんと立つ、大きなハムスターがいた。

灰色のハムスターとお見合いをしていたクリスティアンは、マリアに気づいて振り向いた。

なぜかマリアを哀れな人を見る目で。

「あなた青の薬師様の真似をしようとして、ハムスターを家にまで招き入れているんですか？」

「違います！　勝手に入ってくるんですよ。とにかくこの中に、青の薬師様という人の書きつけか何かがあるでしょうか？」

もう青の薬師の信奉者である発言は無視し、マリアは話を進めた。

クリスティアンも、さっと表情を変えて冊子を物色し始める。

「こちらは……ガラスの瓶に関する研究のようなものですね」

「こっちは薬草についての記録みたいです。知っているものに、自分の意見を加えたものでしょうか」

「こっちは……」

目を通し始めたクリスティアンは、手に持っていた青い表紙の冊子を閉じて横に置いた。

「何だったんですか?」

「日記です」

短い返答に、マリアは一体どうしたのかと首をかしげた。でもクリスティアンは詳しく教える気はないらしい。

なので手に取ってみたのだが……マリアもすぐに閉じることになる。クリスティアンのような青の薬師にあこがれてやって来た人物の、この家を堪能《たんのう》しつくす様子を細かく書いた記録だったからだ。

(柱についた傷から、先住民の暮らしぶりを想像して書き残すのはちょっと……)

病的だとマリアは思う。

そうして、二人で十数冊ほど見ていった時だった。

ふっと、マリアは最初の記述に目をとめる。

「幻獣による病？」

彼らは恵みをもたらすものの、その存在が死を迎えるにあたって幻獣自身の体が変質し、触れてしまった人間の体も同じ変質を起こして病にかかる……というものだ。

なので簡単には治らない。それについて研究した冊子だった。

「何か見つけましたか？」

「これなんですが……」

「死んでいく幻獣の体は変質し、幻獣は死に場所を求めてガラスの森を目指す……か」

記述をさらりと読んだクリスティアンは、ため息をつく。

「昔から、ガラスの森には幻獣がやって来ることも、それが死にかけの幻獣であることも知られてはいました」

クリスティアンは難しい表情をする。

「でも病気を引き起こすというのは……。あまり聞いたことがないのですが」

「そうですよね」

マリアもガラスの森に接する土地にいたが、そんな話は聞いたことがない。

「なんにせよ、ぱっと序盤だけ読む程度では……と」

パラパラとめくっていたクリスティアンの手が止まる。

「あ」

マリアもそのページを見た。

白黒のスケッチで描かれた、ガラスの破片の絵。その横に『虹色』とメモが書かれていたのだ。

「毒の材料と書いてありますが……」

「どう見てもこれ、毒の製造方法ですよね」

絵の下に書かれていたレシピは、毒の作り方と題されている。その毒をどう使うのかは全く書かれていない。

「……このガラスは埋めるしかないのでは」

「そうですね」

危険な物だから、他にあったら集めて回収し、地面深くに埋めるべき。

そう結論づけた二人は、ため息をついたのだった。

五章　愛される理由

「まぁ、そうそう見つかる物ではないようですし、今回はあなたがどこかに埋めておいてください」

「クリスティアンさんの方で、研究などはなさらないんですか？」

今のキーレンツにおける正式な薬師はクリスティアンだ。だから聞いたのだが。

「薬にできない毒には興味が持てないので」

きっぱりそう断り、クリスティアンは帰って行った。

苦笑いしながら彼を見送ったマリアは、作業場へ戻《もど》ってふっと息をつく。

「毒か……」

しかし危険なものなのに、なぜこれに関しての記述をわかりやすい場所に書かなかったのだろう、とマリアは思う。

今まで、青の薬師と呼ばれた人以外にも、あの冊子を見た人は沢山《たくさん》いるはずなのに。

「なんにしても、もし他にも同じ物が落ちていたら……危ないわよね」

毒の材料にもなりうるガラス。

それを誰かが拾って、宝物みたいにしまっているだけならまだしも、うっかり口にしてしまったら……と思うと、そわそわする。

だからマリアは決めた。

「拾ってきましょう」

他に落ちていないか探して、あったら回収しておかなければ。

でも暗い中では、虹色とはいえガラスの欠片《かけら》を探すのは至難《しなん》の業《わざ》だ。

なので、夜のうちに貼り紙をしておいた。

『午前中、所用によりお休みになります』

そして朝になってから、マリアは出かけることにした。


翌朝、一応森の中に入るので、薬もある程度は鞄《かばん》に入れ、草刈り用のナイフも持つ。

家の外に出ると、なぜかハムスターが待っていた。

そして歩き出すマリアについてくる。

「一緒に行くの？」

聞けば、ハムスターはうなずいた。

ちょこちょこと短い足でついてくる様は、とても可愛《かわ》い。

そうしてマリアは、ハムスター一匹をおともにして、ミーナの家から近い辺りの森の端へ踏み込んだ。

ミーナの家の近所に住む子供から聞いて、マリアはおおよその場所を予想してやって来ていた。目印のカエデの木が数本生えているところを越え、目的地であるベリーの繁《しげ》みを発見する。

「たぶん、ここで間違いない」

ベリーも実とは関係のない葉がちぎれたりしている。子供が適当に採ったからだろう。

「それにしても……ここはガラスの木がない場所なのに、どうして破片が落ちていたのかしら」

不思議だとは思ったが、風で飛ばされたり、雨で流されてきた可能性もある。虹色のガラスは花弁のような形をしていて、とても軽かったから。

まずはベリーの繁みを探す。

……ここにはないようだ。

なので周辺を探していると、ふいにきらっと光るものが見えた気がした。

少し森側に入った木の下を探す。

「あった」

一つだけ、虹色のガラスを見つけた。

拾ったガラスはすぐポケットにしまう。

「さて他には……」

探したところで、急にダンダンダンと音がした。

振り返ると一緒にいたハムスターが少し離れた場所で、足踏みして、両手をばたばたと鳥のように動かしていた。

「何かの発作？」

首をかしげたマリアに、ハムスターが手招きするように手をばたつかせる。

なにか言いたいことがあるらしい。

マリアは急いでハムスターに駆け寄ろうとしたが、

「ひゃっ！」

頭上から何かが降ってきた。驚いて振り払おうとした手が、網の目にひっかかる。

「網!?」

まるで捕まった猛獣みたいな気分だ。

慌《あわ》てて脱出しようにも、絡《から》みついて振り払えない。しゃがみこんでいたら、ハムスターも手伝ってくれた。

「ハムスター……」

感動してマリアは網を外そうとしてくれたハムスターを見つめる。

ハムスターもじっとマリアの顔を見て……ひしっと、網が外れたマリアに抱き着く。

「う、柔らかくてふわふわだけど息がっ！」

嬉《うれ》しいのか苦しいのかわからない。その時、人の足音と声が聞こえ、ハムスターがマリアを離してくれた。

ハムスターはマリアを背にかばうような位置に立ち、ジジッっと警戒する声を出す。

見知らぬ男が二人。森の中からあらわれ、マリアの方へ近寄ってくる。

男達はハムスターを警戒したように、足を止めた。

「ハムスターってのは人を襲うんですかね？」

「さあな……」

服装は旅人風だ。

二人ともすり切れそうな麻のチュニックを重ね着して、暗い色のマントを羽織っていた。

そのうち一人は、へらへらとした表情をしていた。マリアは既視感《きしかん》を覚える。

どこで見た人だろう。

もう一人は、なぜか息が荒く、体調が悪そうだ。どこからか走って来たばかりなのかもしれないが……。

考えている間に、男達は腰に身に着けていた剣を鞘《さや》から抜いた。

木漏れ日《こもれび》に輝く鋼《はがね》の色に、マリアは顔をしかめる。

(ガラスより質が悪い……)

鋼はガラスよりも切れ味が悪くなりやすい。手入れをしていなければ、なおさらだ。斬られたら、予後が悪い。

(万が一の場合には、左腕を盾にするしか)

腕は両方大事だが、なるべくなら利き《き》手を守りたい。

胴や背中などは怪我《けが》の範囲が広くなるし、内臓を傷つけるのは言語道断。足は……マリアに蹴《け》り技など不可能なので、下手《へた》なことをするより、左手を盾にして逃げる方がまだマシ。

そこまで計算して、マリアはじりじりと後ろに下がり始めた。

ハムスターの方が自分より逃げ足が速い。マリアをかばいさえしなければ、ハムスターは余裕で逃げられるはずだ。

(私さえ逃げれば……)

しかし相手も、ハムスターを警戒しつつ近づいてくる。

ハムスターの方も剣を嫌がってか、マリアと一緒に下がりつつ、「チチチ」と鳴いていたのだが。

「ジジジッ！」

急にハムスターの鳴き声が変わった。

それに触発されてか、男達が一気に片をつけようと走り出す。

しかし急に森から無数の影が飛びだした。

子供ほどの大きさの――ハムスター達だ。

「ぎゃっ！」

「なんだこれ！」

一気に襲いかかるハムスターに取りつかれ、剣では対抗できずに二人の男はその場に倒れ伏した。

ハムスター達はさらにその上に積もり、ついでに手をかじって剣を離させ、他のハムスター達が剣をどこかへ運び去った。

二人の男はもうほとんど身動きがとれなくなっている。具合が悪そうだった一人は、完全に気を失っているようだ。

「ハムスターが……助けてくれた？」

レイヴァルトが守ってくれると言っていたが、実際にそうなってマリアは呆然《ぼうぜん》とする。

つぶやくマリアの側《そば》にいた灰色のハムスターが、チチチと言いながら、マリアに頬ずりした。

その柔らかさに、ふっと気が緩みそうになる。

しかし他のハムスターがどこからか蔦《つた》を引きずって駆けつけようとした時だ。

「ちくしょう！」

へらへらした顔の男が、まだ自由になる手で何かを自分の口に押し込んだ。

とたん、ハムスター達が騒ぎ出す。

何かを飲み込んだ男はのたうちまわり、すぐ静かになってだらんとあお向けになったまま動かない。そんな男からぱっと離れたハムスターは、一斉にマリアを見る。

『診てほしい』

そう言っているみたいに。

マリアは駆け寄った。側に沢山のハムスターがいるので、たぶん大丈夫だろうと思いつつ。

そうして男の様子を確認した。

「少し熱が低い……。脈は少し早いけれど、あの直後ならそうなって当然かも。あとは……」

ふっと気になるものを、男のこめかみに見つけた。

少しだけ薄紫の斑点《はんてん》が浮き出て来る。

「あの、起きて！　起きてください！」

なにかおかしなものを飲んだのは間違いないが、このままではわからない。とにかく男を起こして状態が言えるかどうか、意識を失ったまま昏睡《こんすい》しているのか確かめる。

マリアに派手に頬《ほお》を叩《たた》かれた男は、うっすらと目を開けた。

「死ぬ薬ではなかったのね」

ほっとしたマリアだったが、ぼんやりとしたその表情にふと焦《あせ》りを感じた。

「あなたの名前は？　どうしてこんなことをしたの？」

たずねたマリアの方へ、男の視線が動く。

「名前……名前……。僕のお名前は……マーちゃんだよぉ……」

「は!?」

マリアは目を見開いた。え、今聞いたことがちょっと頭に入って来ない。

「マーちゃん？」

復唱したら、まるで幼児が自分の名前を呼んでもらえた時のように、男がへらっとした顔で嬉しそうに微笑《ほほえ》んだ。

「お名前、僕言えるよ！」

「ひぃっ……！」

大の男にそんなことを言われたマリアは、男の症状からして推測できる薬のことを思い出して、恐怖した。

「これは、忘却の雫《しずく》!?」

この薬を飲むと、記憶の大半を失って幼児返りをするのだ。特徴はこめかみの紫の痣《あざ》。禁忌《きんき》の薬の一つとして、薬師達が注意をうながされる薬だ。

扱えば終生牢《ろう》の中から出られない。見つけたらかならず通報し、作成者や使った者を領主はしらみつぶしに探し出さねばならないとんでもない薬だ。

(過去、この薬を使われた王様が、丁重《ていちょう》に幽閉《ゆうへい》されたのも仕方ないわ……)

大きな幼児になってしまうので、とても人前に出せない。本人は幼児のつもりなので、周囲が大人として扱うとストレスになり、心身を損なう。よって、母親役や父親役などを何人もつけて、静養させるしかないのだ。

いつか戻ることを信じて……。

「なぜこんな恐ろしい薬を持っているの?」

困惑するマリアに、人の足音が聞こえた。

また誰かが来たのか。もしかすると彼らの仲間かと振り向けば、視線の先、町からの道を上がって来るレイヴァルトの姿が見えた。

「マリア、大丈夫かい!?」

駆けつけた彼は、マリアが見下ろしている男を見て戸惑《とまど》う。

「この男は？」

「その……。急に襲われたのですが、ハムスターに拘束されそうになったら急に薬を飲んで……」

「おにいちゃんはだあれ？」

大の男から発される、可愛らしい問いに、レイヴァルトの表情が凍った。

「忘却の雫という薬です。使用が確認されたら、すぐに作成者や、薬を持っている者を捕まえなくてはならないので、殿下もご存知かと思いますが……。なぜこんな薬を」

レイヴァルトは推測を口にした。

「これは、君を襲った理由や、指示した人間がわからないようにしたいんだろう」

「……なぜ私を」

一介の薬師を狙う理由がわからない。

するとレイヴァルトは謝って来た。

「ごめんね。きっと私のせいだ。私はきらわれ者だからね」

「そんな……」

優しい領主としか思えない彼が、どうしてそんなことを言うのか。

反論したかったが、マリアの方も彼がそんなことを言い出す理由を知らないので、黙るしかない。

レイヴァルトの方は早々に気持ちを切り替えたように、ふふっと笑う幼児化した男を見下ろして思案を始めた。

「しかしどうやって前後関係を調べるか……」

「あ、そちらに倒れている人は、先に気を失ったので薬を飲んでいないはずです」

「なるほど」

そう言うと、レイヴァルトは意識を失っている男の側に膝《ひざ》をつく。

なにをするのだろう。起こして事情を聞くのか。

(でも起こしても、しゃべれる状態には見えない)

苦し気に息をつきながら目を閉じているのだ。とてもまともにしゃべれないだろう。

レイヴァルトにもそれはわかったようだが。

「ハムスターも沢山いるし……」

そうつぶやいたレイヴァルトは、マリアの横にいる灰色のハムスターを見てなにかを決断した。

レイヴァルトは右手の手袋を脱いだ。

手の甲まで黒く染まったその手で、レイヴァルトが男の額《ひたい》に触れる。

「……見ているといい。これが、私の病の原因だよ」

「あ……」

みるみるうちに、レイヴァルトの手が全体的に黒く染まっていく。

「……っ」

やがて苦し気にレイヴァルトがうめくのと同時に、気絶していた男の呼吸がおだやかになる。

「まさか……病を肩代わりできるのですか？」

そうとしか思えない状態だ。

レイヴァルトは急激に具合を悪くして、その場に手をついてうつむく。

「殿下！」

マリアが駆け寄ろうとした時だった。

いきなりハムスターがマリアを抱え上げ、走り始めた。

「ハムスター!?」

一緒にいたハムスターだ。一体どうしてと思ったが、すぐにハムスターが急停止する。

その時、マリアはようやく気づいた。

目の前に見える木立の奥に、黒い闇があらわれていた。

それが動く。

やがてのそりと姿をあらわしたのは、いつか見た黒い鳥のような姿の幻獣だった。

黒い鳥の幻獣がばさりと翼を広げた。

翼の先が陽光に鋭く光り、マリアの側まで暗い影が落ちる。

「逃げて！」

マリアはとっさに叫んだ。

このまま自分をかばっていたら、ハムスターが死んでしまう。

幻獣だって死ぬのだ。それを知っているからこそ、マリアは叫ばずにいられなかったのだが。

ハムスターは降りそそぐガラスの黒い羽を避けた。

大きな針が突き刺さったような地面を見て、マリアは自分の呼吸が浅くなっていくのを感じる。

そしてハムスターは……すり、とマリアに頬ずりしてから、ぼふんと白い煙を上げて姿を消した。さすがのハムスターも逃げたのかと思いきや、手の平に乗る大きさに変化して、こそこそと鞄の中に入るのを見つける。

一体どうするのだろう。

困惑しつつ、少し離れた場所にいるレイヴァルトを振り返る。

彼はまだそこでうずくまり、なんとか頭を上げてマリアの方に手を伸ばしている。

「戻れマリア！」

言われた通り、レイヴァルトの方に駆け出そうとしたマリアだったが、すぐに足を止めることになった。

またしても網がかぶせられ、その場に転んでしまったのだ。

「なっ！」

まさか、まだあの男達の仲間がいた⁉

とっさに周囲を見回したマリアは、木立の奥からあらわれた馬に乗ってやって来る男達二人の姿に、目を見張る。

——絶対絶命だ。

レイヴァルトは動けない。

マリアは網に捕まっている。

ハムスター達はまだいるが、黒い幻獣が雄たけびをあげると、怯《おび》えたように木立の陰に隠れてしまった。

さすがにあの幻獣に、ハムスターでは非力すぎる。

近づいて来る人さらい達と、目の前の黒い幻獣の真ん中で、マリアは身動きがとれない。

「さて、予定通り、こいつを殺そうか」

新たにあらわれた馬上の男から、とんでもない言葉が聞こえた。

剣を抜き放った男の目が見据えているのは、マリアだ。

「本当に王子の方を殺さなくていいんですか？」

もう一人の男が聞くと、剣を抜いた男がくっと笑う。

「王子は放っておけば死ぬさ。この薬師さえいなくなれば……あ!?」

剣をマリアに投げつけようとした男が、すっとんきょうな声を上げる。

マリアの前に、ふわっと黒い帳《とばり》がおりたのだ。

帳は、黒くて硬質な羽の重なりで作られている。

「おい、幻獣を離させろ！」

「そんなことまでできませんよ！　想定の場所に移動させるだけで手いっぱいなんです！」

男二人が大騒ぎを始めた。

「ええと」

ぼんやりしていると、ぐっと体が持ち上げられる。マリアをくるむ網を、鳥の幻獣がクチバシでくわえて持ち上げているようだ。

川底から引き揚げられた魚のような感覚になる。

驚いていると、鳥の幻獣が羽ばたき、飛び立った。

「私、幻獣にお持ち帰りされそうになってる⁉」

思わず叫ばずにはいられなかった。

「マリア！」

レイヴァルトが悲痛な表情でマリアを見上げる。

他のハムスター達はそんなレイヴァルトに近づけないままだが、ここぞとばかりに馬上の男二人に駆け寄ろうとしていた。

騎乗した二人は慌てたようにその場から駆け出し……マリアはその光景を眼下に見つつ、どこかへ幻獣に移動させられたのだった。

時には急上昇する鳥に悲鳴を上げながら、マリアが連れて行かれたのは、小さな村だった。

「ええと……これはどう考えたらいいのかしら」

空の中央には太陽が昇りきっていた。さんさんと降り注ぐ陽光が温かい。

マリアがいるのは戸外だ。

ガラスの森から少し離れた、坂の下にある村は、明るい時間だというのに静まり返っていた。誰も家から出て来ない。

そっと見上げると、幻獣は静かに目を閉じて動かずにいる。

あのマリアを殺そうとした男達は、すばやく幻獣を追いかけて来た。

そしてマリアを取り返そうとしていたが、幻獣が完全に拒否してしまった。そうしてマリアを側から離さないので、男達は諦《あきら》めたようだ。

「身動きがとれないことには変わらない。いいだろう、これで王子を救う人間は排除できた。秘密を知ってる奴は薬を飲んだし、もう一人は何も知らないも同然の病人だからな」

そう言って、村の方へ去ってしまった。

「王子を救う人間……？」

どういう意味かわからない。

（そういえばさっきも、あのままにしておけば王子は死ぬと言っていたわ）

人の病を取り除き、自分の身に移せるレイヴァルト。

ガラス職人達の前に、この黒い幻獣があらわれた時にも、レイヴァルトは咳《せき》をしていた職人達の肩にふれていた。

「たぶんあれで、職人の病気を肩代わりしていた？」

そうとしか思えない。あの後、レイヴァルトは倒れたのだから。

そして自分は、レイヴァルトの役に立つだろうと思われ、遠ざける目的で殺されそうになったようだ。

きっとマリアが住み始めたのが、特別な薬師が住んでいた家だから。青の薬師に任命されたのだと勘違いされたのかもしれない。

しかしそんな理由で狙われるのなら、レイヴァルトはマリアに家を貸さないだろう。

「それとも、三ヵ月だけだから大丈夫だと思ったのかしら」

そこが少しわからない。

ただ思い出すことはある。

「殿下は……ずっといてほしいと願っていた」

理由があって、マリアにあの家に住み続けてほしかったのだろう。

一方でマリアを襲った男達は、マリアが外に出るのを狙っていたのだ。

でもあの家にいる間は、襲われることはなかった。

「たぶん家周辺には、この黒い幻獣も近づけないのかもしれない」

なにせガラスの森の奥へ行きつ戻りつしても平気になる薬を作る薬師の家だったのだ。襲われないように、対策をしてあるんだろう。

「だから外へ出るのを狙っていた……。そして最初に襲って来た男の一方が病にかかっていたのは、殿下が証言を引き出そうとして治すのを見越してのこと？」

レイヴァルトはハムスター達が沢山いるからこそ、大丈夫だろうと男の病を肩代わりしようとしたのだ。おそらくは、幻獣が襲って来ることはなく、人間だけが襲って来るだろうと考えたのだと思う。

　敵は二手にわかれて、レイヴァルトへの対策までほどこす周到さで、マリア殺害をもくろんだ。

「けれどそれは、黒い幻獣の行動によって邪魔《じゃま》されてしまった」

　おかげでマリアは生きているけれど……。

　ふう、とため息をつく。

「どちらにせよ、私の手にあまるわ」

　薬を作ることしか能のないマリアでは、何ができるか見当もつかない。

「とにかく、脱出したいわ」

　マリアはそっと網の中から抜け出そうとする。

　鳥の幻獣は、もうマリアをとらえていた網をクチバシから離していた。あとは起こさないようにして、そっと抜け出すだけ。

　と思ったのだが。

「ん……こほっ」

　立ち上がったとたん、マリアは喉《のど》がいがらっぽくなって咳をする。

　それから、背筋が凍るような思いになった。

「まさか私……」

その時、キキキキ、ときしむような音が頭上から聞こえた。

見上げると、そこには黒い幻獣の頭がある。

幻獣は悲しそうな表情でマリアを見ていたが、網の中から抜け出し、あまつさえ離れようとするマリアを止めるそぶりはない。

「……この村を見て来ていいの？　いいえ、見て来てほしいのかしら」

幻獣は人の言葉を理解できる。

なにより害意も邪魔する様子もないことから、マリアはそう推測した。

この村の様子を見に行くマリアを自由にして、そして知ってほしいことがあるのでは、と。

黒い幻獣はゆっくりと目をまたたいて、最後に目を閉じてしまった。

マリアに行っていいという意志表示をしたのだと思う。

「わかった、見て来るわ」

マリアは幻獣の側から離れた。

幻獣は何も言わず、じっとしたままそれを許してくれた。

(この村に、一体何があるのかしら……)

足音をたてないようにマリアは村へ向かう。

村にはマリアを殺そうとした人間がいる。でもここがどこなのかを知り、キーレンツの城下町へ戻るためにも情報が必要だ。

それにしても、大きな鳥の幻獣が近くにあらわれても、誰も飛び出して来ないのはなぜだろう。あの不審な男達が、村の家に入っていくのを遠目に見たので、彼らの根城になっているのはたしかだが。

マリアはまず、近くの家に近づき、カーテンのかかっていない窓から中を覗《のぞ》くことにした。なにかこの場所についてわかるような情報が断片でも手に入れられないかと思ったのだが。

ガタッ。

窓に耳を近づけて、中に人がいるかどうか確かめようとしたら、ガタついていたらしく大きな音を立ててしまった。慌てたマリアは、急いで逃げようとしたが。

「誰か、誰か……人がいるなら……」

しゃがれた声が耳に届く。そしてせき込む音。

「病人？」

そして一人しかいなさそうだ。マリアは窓から中を覗いた。カーテンが開けられたままなので、差し込む光のおかげで人の姿が見える。

寝台の上に、一人の男性が寝ていた。

青白い顔色で、食事も満足にとっていないのか、頬がこけてきている。

黒々とした髪の色から推測して年齢はたぶん三十代ぐらいだろうに、とても老けて見えた。

マリアは決意して、持っていた鞄の中からスカーフを出し、口元に巻いて家の中に入ってみることにした。

扉はすぐに開く。どうやら寝ている人物以外には、誰もいないようだ。

マリアは男性がいた部屋を目指して移動する。

居間やかまどの辺りは綺麗《きれい》すぎて、空き家に荷物もなしで住み始めたような感じだ。

寝室に到着し、マリアは一度ノックする。

「入って……」

弱々しい声に、マリアは扉を開けた。

部屋の中には男性しかいない。近づくと、男性はとても安心したように微笑んだ。

「ああ、やっぱりそうだ。外から人が来た……」

男性は不思議なことを言い出す。小さな村だから、誰もが顔見知りだろうし、よそ者だとわかるマリアのことを怖がるかと思ったのに。

「村の外の人間に来てほしかったんですか？」

「もちろんだ。君はあれだろう。この村の人間が予定通り病で全員倒れたものの、私まで巻き込まれたと聞いて、来てくれたんだろう？　君を派遣したのはセイダル領のご領主様かい？

ようやくノルデン様が私のことを告白してくれたのか……」

男性はそこまで言って、ほーっと息を吐く。

（セイダル領は、キーレンツ領の隣だわ）

キーレンツ領の東側にある領地だったはずだ。マリアもしばらく滞在するうちに、お客の話などで周辺についての情報はいくらか得ていて知っている。

黒い鳥の幻獣は空を飛んで移動しているから、隣の領地にまで入っていてもおかしくはない。

（でもどうして、隣の領地の人が？）

レイヴァルトに恨みでもあるのか……と考えたところで、思い出す。

彼がこっそりとマリアの通行証を出して、アルテアン公国に帰すことができないと言ったことを。

レイヴァルト達が警戒していたのは、このセイダル領のことなのかもしれない。

「それで、ご領主様はなんと？　ノルデン様が私まで巻き込んだことを知って、怒っていらしたのでは？」

ノルデンという人は、どうやら隣の領主に近しい人らしい。

「すみません、私は下《した》っ端《ぱ》なのでそこまではよくわからなくて……。それで、お加減はいかがですか？」

マリアはそう言って誤魔化《ごまか》しつつ、男性の症状を聞くことにした。

ぱっと見で、まさかと疑ってはいたが。

「ずっと寒いんだ。昨日まではなんとか動けたんだけど、今日は体が冷たくて動けない」

（白風邪……。しかも症状が進行したものと同じだわ）

やはり彼は、体温が低下する白風邪を発症しているらしい。

この村にいた人物が、キーレンツの城下町へ出入りして広めたのかもしれない。そう思ったマリアだったが、男性は続けて恐ろしいことを口にした。

「騙《だま》されて、幻獣のガラスに触れてしまったせいで、病気にかかってしまうなんて……。本当に病気になるのか実験するのは、この村の人間だけだったのに。ああご領主様の使いの人、しっかりとご領主様にはそう報告してくれよ」

マリアは息をのみそうになった。

――むかーしも、そんな感じで白風邪が流行《はや》ったことがありましたっけな。幻獣の呪いと言っておりましたがなぁ。

そう言っていたのは、キーレンツ領の城下町の店主だった。

――幻獣は死を迎えるにあたって幻獣自身の体が変質し、触れてしまった人間の体も同じ変質を起こして病にかかる。

それは、マリアが借りた家に置いてある、昔の薬師の書いた文章の中にあったもの。

(本当だった……の)

幻獣による病気なのか、この白風邪は。

(それに幻獣のガラスに触れてしまったせいで、と言っていた)

男性の話や、店主の話が本当なら、ミーナがなかなか治らないのは、ただの病気ではなかったからだ。

「それで、薬は?」

男性は完全にマリアがセイダル領の人間だと思って話しかけてくる。

「あの、本当に私下っ端の手伝いで、とにかく様子を見て確認しろとだけ言われてまして。お薬は他の人が……」

「早くしてくれよ。あの幻獣が死なないと治らないとはいえ、もう沢山だ。王子が死ぬまで待っていたら、俺はもうもたないかもしれないのに……」

ふぅと息をつく男性に、マリアは絶句しかけた。

「あの、もう少しお待ちください……」

なんとか言い訳をして部屋を出たマリアは、またゆっくりとこの家を出た。そう判断するだけの思考力はあったけれど、正直、先ほどの男性の言葉で頭がいっぱいになりそうだった。

(王子が先に……死んでくれるまで……)

レイヴァルトは命を狙われていたのだ。

(幻獣を使って、どうやって殿下を殺すの？　いえ……それを私は見てるんだわ)

レイヴァルトの手の黒ずみ。病気の者が増えれば、レイヴァルトは重傷者を治そうとして、ますます病を自分の身に背負おうとするだろう。

それを、セイダル領の人だという彼とその仲間は知っていて……王子を殺すために、病気を広めた？

だんだんと疑問に思っていたことが、全て繋《つな》がっていく。

初めて出会った時、レイヴァルトがガラスの森にいた理由。

……おそらく黒い幻獣に対処するため、あんな場所にいたのだ。

彼はあの時から、手袋をはいていた。すでに手の黒ずみは始まっていたに違いない。

それに他の貴族が関わっていることを疑っていたから、マリアの通行証一つですら、一存で出すことにも注意が必要だった。誰かが見張っていて、特別な配慮をしたマリアになにかひどいことをするかもしれないと、心配して。

町を一人で歩き回っていたのも、おそらくは黒い幻獣が来た時のため。

「ああ……。完全に味方にならない限り。そして出て行くつもりなら、言えるわけがなかったんだわ」

ようやくマリアは、レイヴァルトの言葉を理解した。

殺されかけている自分の味方をし、治療をしてほしいと言えば、マリアの危険も増える。

そして知った今、選ぶべきだ。

マリアは外へ出る。足を向けたのは、先ほど離れたばかりの幻獣のところだ。

「私は……」

――薬師でありたい。

薬師なら、選ぶべきはなにか。それは、患者を治すことだ。

(ごめんなさい。叔父《おじ》様、伯母《おば》様)

マリアは心の中で侘《わ》びた。

何も相談せずに、マリアは決意してしまったのだ。今頃、届いた手紙を見て、いずれ帰って来ると期待しているかもしれない叔父や伯母に申し訳ないようなことを。

マリアは黒い幻獣の前へ戻って来た。

風が吹き抜けていく。流しっぱなしになっていた小鹿色《こじかいろ》の髪がゆれてなびいた。

マリアは一度深呼吸し、鞄の中から薬を出す。

その時に、中にひそんでいたハムスターもはい出してきてマリアの腕を上り、肩にちょんと乗っかった。

「あはは」

なんだか笑ってしまう。自分と変わらない大きさだったハムスターは、こんな手乗りサイズにもなれるらしい。幻獣とは本当に不思議な生き物だ。

そうして少しほぐれた気持ちで、マリアは黒い幻獣に呼びかけた。

「幻獣さん、起きて。この薬を食べてみてくれないかしら？」

マリアは幻獣の極力側に、薬入りの瓶《びん》から出した丸薬《がんやく》を置く。まっさきに丸薬に走り寄りそうになったハムスターがいたけれど、つまみ上げて手の中に拘束しておいた。

そして待った。

土の上に置いた薬が、風で飛んで行ってしまわないかと心配しながら。

けれど幻獣が広げていた翼のおかげか、そのすぐ側に置いた薬は転がらずにそこにあった。

やがて――幻獣が目を覚ます。

一応警戒し、かなり距離をとっていたマリアだったが、幻獣はマリアの方には注目せず、じっと薬の方を見つめた。

「やっぱり幻獣は、薬の匂いが好きなのね」

この黒い鳥の幻獣も同じらしく、マリアはほっとする。

黒い鳥の幻獣は、クチバシを薬の側に寄せ、吸い込むように飲み込んだ。

喉をそらす黒い鳥の幻獣の姿に、マリアは良い変化を期待して見つめていたけれど……。

黒い鳥の幻獣は全く変化を起こさない。

ただひっそり涙を一つ落とした。

陽の光に照らされて涙が虹色のガラスに変わり、こつんと小さな音を立てて地面に落ちる。

「どうして……」

なぜ薬が効かないんだろう。

ガラスの森の奥で出会った狼《おおかみ》の幻獣は、一瞬で治ったのに。

つぶやくマリアは、背後からの声にはっと振り向いた。

「あ、あの女が幻獣から離れてる！」

振り返れば、村の端に様子を見に来たらしい人間がいた。マリアをさらおうとした不審者の一人だ。顔を覚えている。その声に、どこからか数人の男達が出て来た。

「どうしよう」

とはいっても、どこへ逃げたらいいのか。

不審者達はまっすぐにこちらへ向かって来る。

怖くないのだから、彼らはなんらかの方法で、幻獣に攻撃されないようにしているんだろう。

しかも弓がある。何度も矢を射れば、いつかはマリアに当たる。

困惑していると、ふいにラエルの声が聞こえた。

「大丈夫。もう少しだけ待ってくださいマリアさん」

「ラエルさん？」

見回してもどこにも姿が見えない。

「ここ、ここですよ」

声は右側から聞こえる。しかもとても近く……。

マリアの目が、肩に乗っているハムスターに向いた。

ハムスターはきゅっと首をかしげて、マリアの肩に頬をすりよせた。

「ようやくわかってくれましたか。俺はずっと一緒にいたんですよ」

「なっ……」

ハムスターからラエルの声が！

「とりあえず時間をかせがなくては」

ラエルの声を発するハムスターは、そう言うとマリアの肩からおりた。そして黒い鳥の幻獣から少し離れてマリアの視界から隠れた場所へ移動する。ぼふんとおかしな音がした。

「まさか……」

マリアの予想通りの姿があらわれ、マリアの少し前に立つ。

ラエルだ。いつも通りの姿に、きちんと剣も身に着けている。

彼の姿を見て、こちらへ向かって来ていた男達が、慌てたように足を止めた。

「なぜ王子の臣下が!?」

「もう嗅《か》ぎつけられたのか？」

不審者達がその場で話し合いを始める。

「まさかラエルさんハムスターだったんですか⁉」

小声で聞けば、ラエルはなんでもないことのように答えた。

「そうですよ？　しかし俺がいるだけでは、抑止力にならないみたいですね……」

空気を裂くシュッという音がした。

なにげなくラエルが手を振ると、カンと高らかな音を立てて何かが地面に落ちる。

矢だ。

「もろともに殺してしまえ！」

「しかしなぜやつらは幻獣に攻撃されんのだ！」

不審者達は、マリアへの殺意を高めてしまったようだ。

「君を守るだけならなんとかと思いますが……。どうせ君にくっついていれば、この死にかけの幻獣も攻撃してこないでしょうから。でもこの状態ではすぐに逃げられませんね」

再び剣を振って矢を叩き落としながら、ラエルはのんきな口調でそんなことを言う。

マリアは開いた口がふさがらない。

「あ、でも大丈夫ですよ。もうしばらくしたら、殿下達が来るはず……」

とラエルが話している時に、マリア達の背後で動きがあった。

大きな翼が動くと、突風が吹いた。足を踏ん張って耐えたマリアは、振り返って驚く。

黒い鳥の幻獣が、立ち上がって移動を始めていた。

ズルズルと、重たい足取りで、長く伸びた羽や尾羽をひきずりながら前に進み始める。

「一体なにが……」

急に黒い鳥の幻獣が動いた原因を探したマリアは、不審者の一人が、何かを燃やし始めたのを見つけた。

「あれはなに？」

煙を出す草を使っているのはわかる。匂いからして、ヨモギではないだろうか。でもそれだけではない。

「たぶん、あの幻獣の落とした虹色のガラス。あれが含まれているのでしょう。おそらく、どこかで幻獣を殺す薬について聞きかじった人間がいて、不完全なものを作ったのでは。その匂いを避けて、あの幻獣が行動しているのだと思いますよ」

ラエルの話に、マリアは目をまたたいた。

「幻獣を……殺す薬？」

ふと見れば、幻獣のいた場所には、きらりと光る虹色のガラスの粒が落ちていた。それは幻獣の涙だった。

おそらく死にかけた幻獣がこぼしたものだけが、この美しい粒に変わるのだと想像できた。

「なんてこと……」

幻獣は、もうどうしていいのかわからないのだ。治りたくても、治らない。一縷《いちる》の望みを抱いて口に入れたマリアの薬でも何の効果もなかった。

そんな幻獣が、追い立てられるように移動を始める。

おそらくそれは幻獣のしたいことではなく、嫌な物があるから避けて移動しただけ。

死にかけの体をひきずりながらも、歩き始めた鳥の姿にマリアは胸が痛くなった。

「これでようやく引き離せた。女を始末できるぞ！」

「王子の騎士も殺してしまえ！」

でも悲しみに浸《ひた》っている場合ではない、不審者達が剣を抜いてこちらに向かって来ていた。

「ラエルさん。ラエルさんだけでも逃げてください！」

足の遅いマリアでは、逃げ切れるとは思えない。だけど自分がおとりになれば、ラエルだけでも逃げられる。なのにラエルは、きょとんとした顔になった。

「大丈夫です。問題ありません」

「問題ありませんって……？」

ラエルの考えが全くわからない。

元は幻獣、しかもあのハムスターなのだから、わからなくて当然なのだが。納得しかけて、頭を振って思考を戻そうとしたマリアは、ふっと空がかげったことに気づいた。

「なに？」

見上げたマリアは絶句する。

空を覆《おお》いつくすほどの黒い蝶《ちょう》の群れ。その黒い羽は、光の加減で美しく深い海のような青に変わる。その蝶がいっせいに不審者達をとりまく。

しかし直接触れるのではなく、飛び回りながら黒い鱗粉《りんぷん》を撒《ま》き、覆われた者が次々に眠るように倒れていく。

人を眠らせた蝶は、空に舞い上がってどこかへ飛んで行く。

幻獣を移動させていた煙は、とうとつにかけられた水によって鎮火した。

「よし」

水桶《みずおけ》を持っていたのは、イグナーツだった。

「消しましたぞ、殿下！」

そのイグナーツが呼びかけた方向、村の側から歩いて来るのは、レイヴァルトだ。

レイヴァルトは、小さな袋を持っていた。その袋を彼が地面に置くと、まだ残っていたのだろう、黒い蝶が一匹出て来て、先に行った仲間を追いかけるように飛んで行った。

「ようやくいらっしゃいましたか殿下」

ラエルの言葉に、レイヴァルトは苦笑いする。

「人が人らしく移動するのは苦労するんだよ、ラエル。それに万が一のために、こうして蝶を用意したりもしていたし」

「そういえば人らしい移動の仕方は、意外と遅いですからね」

おかしな会話だったが、今のマリアには意味がよくわかる。森の中を超高速で走り抜ける幻獣ハムスターなら、もっと早く到着できるとラエルは言いたいのだろう。

「ハムスターと同じことは無理でしょう……」

つぶやいてしまったマリアをよそに、ラエルが今までの状況を報告する。

マリアが連れ去られたこと。それは殺そうとした不審者達を放置して、黒い鳥の幻獣がさらったせいだったという事情。この村では、どうやら黒い鳥の幻獣が病気をもたらすかどうかを実験し、村人達が全員病みついていること。

そして……マリアが、レイヴァルトと親しくしている薬師だったことから狙われたことも。

レイヴァルトが視線を向けた。

「結局、迷惑をかけてしまったね。あの家にいる間は大丈夫だと思ったんだ。君は幻獣に好かれているから、幻獣が守っている。それに私達は、セイダル領が関係しているのではなく、死にかけた幻獣が死にきれずにさまよっているだけだと思っていたんだ」

「我らが早々に始末できればよかったのですがな……」

レイヴァルトの告白に続き、イグナーツもしゅんとした表情をしていた。

するとラエルがしれっとした態度で言った。

「普通の人には無理ですよ。青の薬師じゃないと。たとえ毒が作れても、幻獣に飲ませられないんですから」

そうしてラエルがマリアを振り返る。

「君ならできるんですが」

「え？」

マリアは自分ならと言われて、でも否定できないものを感じた。

だってマリアは何度も幻獣に薬をあげてきたのだから。

「でも、青の薬師じゃないとできない、とラエルさんもおっしゃっていたのでは」

マリアは青の薬師じゃない。そうなるには、幻獣に襲われない、森の奥へ行ってもガラスに変化しない薬を作れないといけないはず。

するとラエルは呆《あき》れたようにレイヴァルトに視線を向ける。

イグナーツが困ったような顔をしつつ、彼もまたレイヴァルトを見た。

「殿下、そろそろ教えてはいかがでございますか。もうこうなっては、薬師殿を故郷に帰すわけにはいきませんし」

言われたレイヴァルトは、それでもためらいがあるようだ。

少し悩んで、マリアに近づく。

「君に、選んでもらいたい」

「私にですか？」

「君はこの幻獣のための薬が作れるはずだ。でもそれには私の許可が必要なんだ。許可を出すためには、君がこの王国で、私の下で生きて行くことを承知してくれなければ、難しい」

だから、とレイヴァルトは続けた。

「でもそれを承知してくれるのなら、私はできうる限り君を守り、君のために尽くそう」

それは、王子としては破格の申し出だったと思う。

薬師として自分を認めてくれているというほこらしさと同時に、どこか寂しさも感じる。

やっぱり、マリアへの優しさは薬師にいてほしかったからなんだと。

――しかし、レイヴァルトが続けて言った。

「ただ断ってもいい。その場合は、時期はかなり遅くなるかもしれないが、なんとか君を故郷に帰す努力をしよう」

「どうして、そこまで……」

王子なのだから、マリアに命じることだってできたはずだ。

なのになぜ、頑《かたく》なにマリアの意志を尊重しようとするのだろう。

「幻獣と関わる問題に触れれば、その分だけ危険も増します。幻獣を密猟しようという者もいますからね。だから自分から望んでくれなければ、無理強《じ》いはしないと俺達は決めているんですよ」

幻獣であるラエルの言葉に、マリアは納得する。

だからラエルからも、青の薬師の話は一切出なかったのだ。

「それ以上に、王子の私と関わることで、君が余計な危険に巻き込まれる可能性がある。だから君が望んでくれなければ、危険を増すようなことをお願いできないと思っているんだ」

あくまでマリアの気持ちや、身を守るためだったのか。

理解したマリアは思わず微笑んだ。

「大丈夫です。私は、薬師として幻獣のためにできる限りのことをしたいのです。あなたの体調不良についても、治させてください」

レイヴァルトは驚いたように目をまたたいた。

「もう帰れなくなるのに。いいのかい？」

「いいんです」

マリアは微笑んだ。

「私はずっと、薬師として生きたかったんです。ここで薬師を続けられるのなら、それで私の夢は叶《かな》います」

薬師として生きるのが、幼い頃からの夢だった。

令嬢ではなくなった時に思ったのも、かつての夢を追いかけたいという気持ちだった。

リエンダール伯爵領に戻ったら、その夢は追いかけられない。

こちらにいれば、修道院にも死亡したと連絡してもらわなければならないが、マリアがいることで起こりそうな問題はなくなるのだ。

マリアの返事に、レイヴァルトはうなずいた。

「よかった。この幻獣を解放してやれるのは、君だけなんだ」

「解放……」

マリアはそこに含まれる意味を察してしまった。

回復させてやるのではない。苦しみから、意に添わない行動をしてしまうことからの解放……。それは死をもってしかありえない。

マリアは唇を噛《か》み、それからうなずいた。

「でも私は青の薬師では……」

「君が青の薬師なんだ」

ありません、という言葉はレイヴァルトの声にかき消された。

「……え？」

マリアは目をまたたいた。でもレイヴァルトの真剣な表情は変わらない。

「最初に、ハムスター達に森の奥へ連れて行かれただろう？　あれは彼らなりの歓迎の気持ちを表した行為だ。青の薬師になれる人間にしか、そんなことはしない」

「もう一つ」

ラエルが続いて言う。

「ハムスターは人の家に入り浸ったりしないし、君にしたように頬ずりするほど懐《なつ》いたり、人間に愛着を持つことはないんですよ。そしてあの黒い幻獣もそうです」

ラエルの視線を追って、マリアは黒い幻獣を見る。

「青の薬師は、幻獣除《よ》けの薬を作れる人間ではない。幻獣に愛される薬師がなるもの。それは、愛する相手からなら、安心して死の薬を受け取れるから。錯乱しつつあっても、青の薬師がくれるものは無条件で口にするのです」

「死の薬を……」

たしかに、そんな薬は信頼している相手からしか受け取れない。

もしかしてラエルも、マリアからなら死の薬を与えられてもいいと思いながら、側にいたのだろうか。

想像していると、ラエルが察したように答えてくれた。

「みんな、君の作る薬が好きなんですよ。自分達を救ってくれるから。だから俺も……君のことを愛しています」

マリアはぎょっとする。

ハムスターの姿ならまだしも、人の姿で「愛している」なんて言われたからだ。

なぜか後ろめたい気持ちになって、おろおろと左右を見てしまう。

イグナーツが「まぁ」と言いた気に口を手で覆っていた。

そしてレイヴァルトが笑ってマリアの手を握る。

「重く考えなくていいよ、マリア。それに幻獣にとって死は、人の死のように完全な終わりじゃないんだ。彼に新しい命を与えるために、作ってくれないか？」

「新しい命……ですか」

人と違う存在だからこそ、幻獣は死を越えたその先に何かがあるのかもしれない。

少し気持ちが楽になった。

（それに『愛してる』と言っているのは幻獣だからだものね）

人と同じように考えてはいけない。

深呼吸して気持ちを落ち着かせ、マリアはレイヴァルトに言った。

「……わかりました。でも作るのには時間がかかります」

一度も作ったことがない薬だ。

「大丈夫。ゆっくり君の家の側に誘導する。その森はガラスの森へも続いているから、通っていけば大丈夫だろうし」

「でも、どうやって誘導を……」

困惑するマリアに、レイヴァルトが微笑んだ。

「側にいてくれるという君の決意に応じて、私の秘密を晒《さら》そう」

「え、まだ秘密が？」

驚くマリアを置き去りに、彼は森の中へ少し入り込んだ黒い鳥の幻獣の側へ近づく。

「え、あぶな……」

声をかけようとしたマリアの言葉が、喉奥で消える。

ふっとレイヴァルトの姿が銀の輝きに包まれるようにして見えなくなった。

銀の輝きは柱のように伸び上がり、青い無数の光る線があらわれたかと思うと、その範囲を一気に広げてかき消えた。

銀の輝きがなくなったそこにいたのは。

「竜……の幻獣」

いつか垣間《かいま》見《み》た、銀の竜がそこにいた。

大きさは、黒い鳥の幻獣よりも二回りは大きい。

「これは、たしかに」

レイヴァルトの側にいると誓わなければ、明かせなかっただろう。

「え、でも人？　元は幻獣？」

マリアは混乱する。なにせついさっき、ラエルがハムスターから変化してみせたばかりなのだ。

「殿下は人だ。はるか昔、幻獣と人の血がまざったことがある。その子孫が王侯貴族には多い。その血が殿下は強く出たみたいでな……。殿下だけは幻獣に姿を変えられるんだ」

イグナーツが説明してくれる間にも、ハムスター達は、黒い鳥の幻獣からも離れていた。

レイヴァルトだった竜は、パリンと何かを噛み砕く。

ふわっと香るのは、どこか花のような香りだ。嗅いだ覚えがある。

「シロップ？」

マリアの作ったシロップのような気がする。

黒い鳥の幻獣は、その香りがするせいかレイヴァルトを気にし始めた。そしてレイヴァルトが移動すると、警戒しながらもその後を追い始める。

「さ、急いでこちらも戻るとしよう」

「私はここに残って、セイダル領の人間がしたことだ、という証拠を押さえる。そちらはたのんだぞ、ラエル」

ラエルはイグナーツにうなずき、マリアを馬に誘導した。

そして彼と一緒に馬に乗ったマリアは、一路森の家へと駆け戻った。

マリアはすぐに、毒の作り方を書いた冊子を本棚から取り出し、作業場へと移った。

手順はそう複雑ではない。

「たぶん、作った後で飲ませることができないから、青の薬師だけ……という話になっていたのではないかしら」

ただ材料は、幻獣の涙の結晶だけでは足りなかった。

マリアがポケットから取り出したのは、ラエルから渡された小さな爪の先ほどの赤い結晶。

それは、レイヴァルトの血だ。

この毒薬には他の幻獣の血が必要らしい。

ラエルのものでもかまわないらしいが、強い力を持つ幻獣には、同等以上の幻獣の血か、ハムスター達何十四分から血を提供してもらう必要があるのだとか。

それらを全て混ぜ合わせ、杯《カリス》で反応させる。

とたん、薄赤の透明な液体が見る間に結晶化していき、反応の光が消えた後、そこには手の平の上に乗るぐらいの大きさの、薄赤の水晶体が二つできていた。

「あ、一個残っていたわ」

慌てていたからだろう。マリアは涙の結晶を一つ、使うのを忘れていた。

作業台の端で、開いたままの冊子の上に乗っている結晶は、虹色で美しい。

「毒薬にしかならないなんて……」

それが少し悲しい……と思っていたその時、ラエルが作業場に入って来た。

「幻獣が到着しました」

「こちらもできました」

マリアは急いで外へ出る。

そして森の中へ、ラエルに先導されて入った。

しばらく歩いていくと、少しガラスの木が多くなっていく。さらに先へ向かうラエルについて行くと。

「ここは……」

マリアはハッとする。きっとここは、ハムスターに連れて来られたガラスの森の最奥だ。

そこにうずくまる黒い鳥の幻獣と、少し離れた場所に人の姿に戻ったレイヴァルトがいた。

「待っていたよ、マリア」

その言葉に、マリアはごくりと唾を飲む。

これからマリアは、一つの命を終わらせようとしているのだ。

決意したはずなのに、ためらいがマリアを襲う。その時、黒い鳥の幻獣が身動きした。

すぃ、と長い首を伸ばしてマリアの側に頭を寄せた。

その黒いクチバシで、薬を握ったマリアの手を繊細な動きで撫《な》でる。

――大丈夫。だからその薬をちょうだい、というように。

マリアは深呼吸して、作ったばかりの薄赤の結晶を、黒い鳥の幻獣に差し出した。

黒い鳥の幻獣は、静かにマリアの作った結晶をクチバシでくわえ、喉をそらすようにして飲み込んだ。

マリアはぎゅっと両手を握ってそれを見守っていると。


——ふっと風が吹いた気がした。


けれどマリアの髪も、レイヴァルトのマントも揺れていない。

なぜそんな錯覚を起こしたのかと思ったら、目の前の黒い鳥の幻獣の体表面に、銀のさざ波があらわれていた。

これが、あの薬の変化の始まりか……。

そう思っていたマリアだったが、やがて静かにさざ波が治まっていくと、鳥の幻獣がぐるぐるとうなり始めてハッとする。

「あの、様子がおかしくありませんか？」

まだ一度だってこの毒を使ったことはないが、鳥の幻獣の反応がおかしいことだけは感じ取れる。

永遠の眠りを与えるはずの毒なのに、鳥の幻獣はむしろ安眠を妨害されて苦しんでいるように見える。

やがて鳥の幻獣が、ばたばたと翼をはためかせた。

「……まさか、私の血が不完全だからか？」

レイヴァルトも薬の効きが悪いと感じたようだ。

「ですが、殿下以上の血などそうそうありませんよ」

反論したのはラエルだ。幻獣の彼がそう言うのだから、レイヴァルトの血は材料として遜色《そんしょく》ない代物《しろもの》のはず。

「私が……なにか失敗をした？」

しかし材料も、手順も、何度も確認して作ったものだ。あのレシピが間違いではないのなら、原因がわからない。

やがて鳥の幻獣が暴れ始めた。

「マリア、少し下がろう！」

心配してくれたレイヴァルトが、マリアを抱えるようにして鳥の幻獣から離れる。

翼を地面に打ち付け始めた鳥の幻獣から、突風と土ボコリが襲いかかって来る。

それをレイヴァルトは、自分のマントをかぶせるようにしてマリアを守ってくれた。

「すみません殿下。私の力が及ばなくて……」

「いや、きっと私の血の力が足りなかったんだ。以前の青の薬師は、森にまだ本物の竜の幻獣が住んでいたから、その幻獣から血を分けてもらっていたはずだから」

本物ではないから……。

そうつぶやいて歯噛みするレイヴァルトの姿に、マリアはどうしようもなく心が締め付けられる。

その姿に、マリアは自分の姿を見るようだった。

自分が本物の令嬢ではなかったから、公子の求めに応じて嫁いで、残された叔父や伯母、ひいては領地のためになることができなかった。

それどころか、逃げるために色々と骨を折ってもらわなくてはならなかったのだ。

今も心配させてしまっているだろう。

(だけどこの人は違う。本物の王子で、姿を変えられるということは、幻獣であることも彼にとっての真実のはず)

ではなぜ、毒が効かないのか。

「狼の時は……」

マリアは、初めてガラスの森の奥へ来た時のことを思い出す。

死にかけの狼の幻獣がいた。

幸い、あの狼は治ったけれど、あの時と今の違いはなに?

考えたマリアは、レイヴァルトにかばわれながら、ポケットの中に入れていた予備の毒の結晶を手に掴んだ。

それを両手で包み込むようにして、マリアは祈る。

「手の平で夜は作り出され、月を呼び覚まし、全ての歪《ゆが》みを正す……」

前回と同じように、おまじないを唱えてみる。

違いはそれぐらいしか思いつかない。

(もしこれが、当たらなかったら……)

もうなにもできない。どうかお願いだから、効果よあらわれて。

マリアが一心に願っていると――ふと、周囲がまぶしい光にあふれている気がした。

「え」

うつむいていたマリアは、顔を上げて目を見張った。

ガラスの木の全てが、葉脈を浮き立たせるような光の模様を浮き上がらせていた。

その光が強くなっていくと同時に、手の中にある赤い結晶も光り出す。

やがて、一瞬だけ目を射抜くかと思うほど鋭く光り輝いた。

思わずマリアは目を閉じる。

すぐに目を開き直したが、光でくらんだ視界が元に戻ってみると、周囲のガラスの木々も青く透明な色のまままたたずんでいる。

ただ、赤い結晶にほんのりと宿った蛍のような光が、先ほどの変化の名残《なごり》に見える。

「今のは……」

レイヴァルトが驚いて、マリアの手の中の結晶を見つめている。

マリアはそんな彼を見上げて言った。

「たぶん、この毒なら効くはずです」

先ほどの毒とは違うのは明らかだ。

だから大丈夫……。不思議とマリアはそう感じていた。

マリアは自らレイヴァルトのマントの下から抜け出し、先ほどよりは大人しくなったものの、うなり続けている鳥の幻獣を見つめる。

「マリアさん、危険ではありませんか？」

ラエルが珍しく不安そうに言う。

「大丈夫。幻獣が私を愛してくれているのなら、きっと傷つけません。私は信じています」

「気をつけて」

レイヴァルトはマリアを行かせてくれる。

うなずいて、もう一度マリアは鳥の幻獣に近づいた。

マリアが歩み寄ると、鳥の幻獣はその動きを止める。

うなるのは止められないが、その目が、じっとマリアを見つめていた。何かを期待しているように。

そしてマリアは、鳥の幻獣の側へやって来た。

「……苦しい思いをさせてごめんなさい。これで、きっと楽になれると思う」

マリアが言うと、鳥の幻獣はそっと頭を下げてクチバシをマリアの前に差し出す。

そっとクチバシの中に毒を入れると、鳥の幻獣はクチバシを閉じ、再び上を向いた。

——飲み込んだのだ。

マリアはぐっと息をつめてそれを見守る。

毒ならば、苦しむかもしれない。

不安になるが、そんなマリアを守り励《はげ》ますように、レイヴァルトが来てマリアの肩を抱きしめてくれる。その手の温かさにすがりながら、マリアはその時を待った。

黒い鳥の幻獣はしばらくそのままの体勢だったが、ふっと満足そうに息を吐くと、その場に眠るようにうずくまる。

やがてその姿が輪郭をぶれさせた。

黒かった姿が銀の燐光を発し始め、砂がくずれるように小さくなっていく。

それで終わりかと思ったマリアは、銀色の砂が広がる場所から次々と出てきたものに目をみはる。

「これは……」

するすると伸びていくのは、透明なガラスの木。

みるまに木は大きくなり、マリアの背を越え、レイヴァルトの背を越え、そして周囲と同じ丈高い木が十数本も林立した。

成長を時間を早く回して見守るかのような感覚になる。

その一方で、マリアはほっとするものを感じた。

あの黒い鳥の幻獣は悲しい死を迎えただけではないんだ。次の変化が訪れたのだ、と。

「幻獣が……ガラスの木に変わるんですね」

ぽつりと言ったマリアに、レイヴァルトはうなずく。

「ガラスの森は、死んだ幻獣から生まれる。仲間によりそって、安心して死の眠りにつくために、死期を悟った幻獣が集まって来るんだ」

「死期を悟って……」

死ぬために、ガラスの森へやって来る。

ここは幻獣の墓場だったのだ。

青く輝くガラスの木が林立する、美しい墓場。

そして新たに、ガラスの木として生まれ変わる場所。

生まれたばかりの木を見つめるレイヴァルトは、自分も幻獣の血が流れているからなのか、どこか愛《いと》おしそうに見える。

じっと彼のことを見ていたマリアは、ふとその変化に気づいた。

「殿下、手が……」

レイヴァルトの手から、黒ずみが消えていた。

「ああ、これは幻獣の死による影響を受けたものだったから。幻獣が死んだのと同時に、彼らの存在の変質もおさまって、その影響もなくなる……おそらく、町でまだ白風邪にかかっている人達も、今頃治っているはずだよ」

「治るんですね」

マリアはほっとした。

なかなか治らないミーナのことを心配していたのだ。

そしてレイヴァルトも、もう体調不良から回復したのだろう。

青いガラスを見つめる彼の顔色は、とてもよさそうだった。

(無事に全て解決してよかった)

ほっとしたマリアだったが、同時になぜか涙があふれてくる。

「え……どうして……」

問題が解決したのにと思うが、涙が止まらない。

涙を手で拭《ぬぐ》っていたら、レイヴァルトに抱きしめられた。

「え、ええっ⁉」

「ごめんねマリア。君にばかり辛《つら》い思いをさせてしまって。薬師なんだから、治したかっただろう」

「あ……」

レイヴァルトの言葉で、マリアは自分の涙の理由に気づく。

マリアは死なせたくなかったのだ。

それしかあの幻獣が救われる道がなくて、死は幻獣にとって新しい始まりなのだと説得されて毒を飲ませたけれど。やっぱりそのままの姿で存在させられなかったことが、心に痛かった。

一方で、別の気持ちもある。

「でも私、ほっとしてもいるんです、殿下」

ようやく自分の気持ちがわかると、涙が少しずつ引いて行った。

「本当に死ぬだけじゃなくて、きちんと生きた証《あかし》が新しく生まれるんだとわかって、だから……悲しいのと同時に、安心したから泣いてしまったのだと思います」

「そうか……」

「はい」

マリアは最後の涙を拭って、レイヴァルトを見上げて微笑んでみせた。

レイヴァルトも微笑み返してくれる。

「それでも頼んだのは私だから。でも、彼のために泣いてくれてありがとう」

ますますきつく抱きしめられる。

だからこそ、レイヴァルトがマリアの気持ちをとても気にしてくれていたことを実感する。

(薬師だからというだけじゃなくて、ちゃんと私自身のことも、気遣ってくれている)

そう感じられると、マリアは離れがたい気がした。なされるがままになっていたら、レイヴァルトが少し嬉しそうに言った。

「君は、こうしていても逃げないでいてくれるんだね」

「あ、えっと」

マリアは我に返る。何度もこんなことをされたり、幻獣に死を与えるような衝撃的な事件のせいで麻痺《まひ》していたけれど、これはしたないことでは？

慌てて離れようとしたけれど、レイヴァルトが離してくれない。

「あの、殿下……」

抗議しようとしたが、レイヴァルトは嬉しそうに腕の力を強めるだけだった。

「慣れてくれて嬉しいな。私はもっとマリアの側にいたいから」

「それは薬の匂いがするからでは？」

幻獣と同じく、レイヴァルトはマリアの匂いに引かれているだけだと思う……と言ったのだが。

「いいや？」

レイヴァルトはあっさりと否定する。

「私もまた、殺されてもいいぐらいに君という存在を愛してるんだ」

「あ、あ……」

マリアは彼の言葉から受けた衝撃で、二の句が継げなくなる。

なんて言葉をさらっと言うのか。

いやちょっと待て、とマリアは自分に心の中で言う。先ほどすっかり同じようなことを言った人が、他にもいたはずだ。

「殿下が……幻獣の血を引いていらっしゃるせいでは」

だからマリアを大事にしてくれるのだと、そう言ったマリアは、自分の言葉に少し傷つく。

しかしレイヴァルトは違うと言う。

「少し意地っ張りで、薬のことになると真剣で、それでいて幻獣にも優しい君のことが、気に入っているからだよ」

「え……」

気に入っている。

その理由は全て、マリアの性格に関することばかりで。

（あの、もしかしてこれ、私って告白された……のでは？）

君の性格が好きだから、殺されてもいいぐらいに愛してると。そう説明されたのでは。

理解し、じわっと顔が熱くなるのを感じていると、横から恨みがましそうな声がした。

「俺もマリアさんにくっつきたいんですが……」

すねた目を向けてくるラエルに、レイヴァルトが笑う。

「私に近づき難い以上は諦めるんだな」

その言葉に、マリアは「ん？」と思う。

どうやら幻獣に嫌われるのは、病気を肩代わりしていたせいではないらしい。

（なら、シロップ以外にも試してみる必要があるわね）

時間はまだ沢山ある。

少しずつ色んなものを試していこう。そう思いつつ、マリアはレイヴァルトとラエルが言い合いをしているのをいいことに、その腕の中で大人しく目を閉じたのだった。

# 終章　そうして薬師は愛をささやかれる

翌日知らせにきたミーナの母によると、驚くほどあっさりと、ミーナは全快したそうだ。

もちろん他の白風邪《しろかぜ》の人達も、急にすっきりと治ってしまった。

そして薬屋の店主は『やはり呪いだったんじゃろ……』とつぶやいているとか。

「本当によかった」

マリアはその知らせを聞いて、安心する。

「君のおかげだ」

こじんまりとした居間の中、マリアの隣に座って微笑《ほほえ》むのはレイヴァルトだ。

あれから二日経《た》ち、レイヴァルトは顛末《てんまつ》について説明するため、マリアの家を訪問していた。

町の様子を教えてくれたのもレイヴァルトだ。

急に全員が治ったので、みんな不思議がっているそうだ。

そんなレイヴァルト自身も、今日はとても顔色がいい。健康そうな様子に、マリアは内心で満足していた。

あの一件の最後のことを思い出す度《たび》に、すぐに顔が熱くなったり、立ち上がって叫びたいような気がしてくるけれど。

(でも、告白みたいなことをしたのに、普通……ね？)

レイヴァルトは全く気にしていない態度に見える。

もしかすると、王子であるレイヴァルトは少々感情表現がオーバー気味なのかもしれない、とマリアは疑い始めていた。

「なんにせよ無事に解決できてようございましたな、殿下」

その横でため息をついているのはイグナーツだ。

「女王陛下にも、ことの次第についていい報告ができそうです」

「そうだね」

レイヴァルトは苦笑いしている。

「そもそもは、このガラスの森周辺でおかしな幻獣を見たという噂《うわさ》が多くて、私が派遣されたわけだから。原因が隣の領主だったのだし、これで問題も治まると思う」

あの事件の最中、すぐにレイヴァルトは隣の領地の病気になった村人達を確保。鳥の幻獣の一件が終わってすぐに、隣の領主を捕まえたらしい。

レイヴァルトが王子だからこそ、他の貴族を捕えることが可能だったそうだ。

家令はキーレンツ領にいた息子に自供をさせたことで、罪を認めた。そして今は、その証拠を突き付けて、領主の自白を待っているのだとか。

「あの村の人達も、回復したのですよね？」

マリアも命を狙われている身だったので、村の隅々《すみずみ》までは見て回れなかったが、家の数からも沢山《たくさん》の患者がいたはずだ。気になってたずねると、レイヴァルトはうなずいてくれる。

「すぐに快癒《かいゆ》したよ。大丈夫」

レイヴァルトの穏やかな口調で「大丈夫」と言われると、マリアはとても心が落ち着くのを感じた。

ほっとしながら礼を言おうとしたマリアは、レイヴァルトと正面から目が合い、なんとなく視線を下げる。

告白が感情表現がオーバーなせいだったとしても、ふっとあの時の自分の行動を思い出してしまうと、どうしても気まずいのだ。

目の前であんなに泣いてしまったし。

マリアはなんとなく視線を落としたままにしているが、レイヴァルトの視線が自分の頭に向けられているのを感じる。

「にしても……婦女子が泣いた痕跡があるので、殿下となにやら諍《いさか》いがあったのではないかと一時は心配いたしましたぞ」

イグナーツがやれやれといった調子で言うが、正直マリアはその話題に触れてほしくない。

「もう泣いた話はよしましょうよ……」

ほんの少し感情が高ぶりすぎただけ。なのに後々までずっと言われるのは心外だ。

恥ずかしくてたまらないので抗議しようとしたところで、またレイヴァルトと目が合う。

「争うわけがないよ。だって大事な薬師だからね」

微笑まれて、マリアは思わずうつむいてしまった。

なんだか顔が熱い。自分は病気ではないだろうかと疑いたくなるぐらいに。

その時、ふっと隣にいたイグナーツが席を立った。

「ではこれで、邪魔者《じゃまもの》は退散いたしますので」

カップを置いたイグナーツは、マリアに「馳走《ちそう》になりました薬師殿」と言って、家を出て行った。

「邪魔者……？」

どうしてだろうと思いつつ、マリアはイグナーツが出て行った扉を見る。

その時、居間の扉がちょっと開く。

隙間《すきま》から顔を覗《のぞ》かせたのはハムスターだ。

マリアはもう、彼らが自由に出入りしていても気にならなくなっている。

その中にラエルがまじっているかもしれない……という懸念は時々感じるが。灰色の毛並みのハムスターは一匹だけではないし、気にしてもどうせ自分にはわからない。

「いらっしゃい」

マリアはそう声をかけたのだが、ハムスターはレイヴァルトを見た瞬間、ぴゃっと顔を引っ込めて、扉を閉めてしまった。

「…………」

レイヴァルトは切なそうな表情で、閉じた扉を見つめている。

そしてマリアは、ふと懸念を思い出す。

「殿下、その体質は黒い鳥の幻獣のせいではなかったのですね？」

当の幻獣がいなくなったのだから、回復するとばかり思っていたのに、ラエルはレイヴァルトが接近しているとマリアにくっつけないままだ。

いや、いいのだが。

本性はハムスターとはいえ、人の姿に変化した状態でくっつかれるのは、さすがにどうかと思うから。

「この体質は前からなんだ。あの幻獣は関係ないんだよ」

レイヴァルトは素直に答えてくれた。

「だから、これからもよろしく頼む。私のこの体質は、幻獣の血のせいもあるから、秘密を明かした君にしか私は頼れないんだ」

「他の薬師に見せられないのも、それのせいだったんですね……。てっきり、王位継承のいざこざで殺されかけたりしたのかと」

マリアがそう告白すると、レイヴァルトが小さく笑った。

「王位継承で、多少貴族達が騒がしいのは本当だけどね。私がこのような体質なのは、女王陛下もご存知で、だからこそ最近妙な噂が多いキーレンツ領へ派遣されたんだ。むしろバランスをとるために、自分も領主役を振られた異父弟がちょっとかわいそうなぐらいで」

　レイヴァルトは続けて言う。

「弟はまだ幼いからね。王都の近くにも小さいながらガラスの森があって良かったよ」

「幼いというと……？」

「十二歳だよ。まだ領主業なんて無理だし、采配《さいはい》は全て義父がしているんだ」

「それはまた……」

　事情を聞いてみると、たしかにレイヴァルトの異父弟に領主をさせるのは難しいし、なるべく王都の近くの領地にしておいて、王都で暮らさせるのも当然だと思えた。

　人の噂というのは、当てにならないものだとマリアは思った。

　そしてレイヴァルトの弟の年齢を確認せずに、レイヴァルトにただ同情していた自分を恥じる。

　するとレイヴァルトが、マリアの顔を覗き込むようにしてきた。

「驚いた？」

「はい。セーデルフェルトの話はなかなか知ることができなかったので。殿下のことは、耳に挟んでいたのですけれど」

「ふうん。私のことは知っていたんだ。普通、国をまたいでの商売でもしていなければ……もしくは領主に近い人間でなければ、交流のない隣の国の領地の話なんて、知るわけもないのに」

　マリアはハッとしてレイヴァルトを凝視《ぎょうし》する。

これは、もしかしてマリアがアルテアン公国の貴族の娘だった、とバレたのでは。ただの商人の娘がさらわれてきただけなら、越境したことは目こぼししやすいだろう。でも貴族の娘では、難しいのではないか。

緊張するマリアに、しかしレイヴァルトは「心配しないで」と言う。

「君が誰なのかは、追及する気はないよ。ただこの国にいてくれたら嬉しい。それとも……推測しただけで、君は逃げてしまうだろうか」

レイヴァルトは軽い口調で聞くが、その目に少し不安の影があることはわかった。

「……逃げませんよ。殿下の担当薬師になったんですから」

きっと治してみせる。いや、自分の知識では色々足りないだろうけど、せめて治すきっかけぐらいは掴《つか》みたいとそう思っている。

マリアとて、生半可な気持ちでレイヴァルトに言ったわけではないのだ。

「でも……君は帰りたかったんだろう?」

今度こそレイヴァルトは、寂しそうな表情をうっすらとにじませた。

その横顔に、マリアは少し胸が締めつけられる。

が、今のマリアはすぐに微笑んでみせることができた。

「大丈夫ですよ。帰らない方がいいこともありますし。それに……きちんと待っている人達からは了承をもらいましたから」

マリアはスカートのポケットから手紙を取り出して見せる。

「昨日、故郷から手紙が届きまして。こちらに住むことに賛成してくれたんです。元々薬師としてお店を開きたかったのですが、故郷では事情があって修道院へ行くしかなくて……。だけど隣の国で新しく一から始められる機会をもらったのなら、自分のやりたいことをしなさいと、言ってくれたのです」

手紙をくれたのは伯母《おば》だ。

内容は、マリアの送った手紙を受け取ったこと。

そして事情を理解した上で、もしよければ、マリアのしたいようにしてほしいと言ってくれた。叔父《おじ》の署名もあったので、二人ともが認めてくれたのだ。

マリアが笑うと、レイヴァルトは数秒驚いたように目をまたたいて、それからほっとした表情になる。

「ありがとうマリア」

感極まったようにレイヴァルトが立ち上がり、マリアを後ろから抱きしめてくる。

思わず逃げかけたが、避けるのもどうかと思っている間に捕まってしまう。

恥ずかしいのに、彼にそうされることは嫌じゃない。

そんな自分の気持ちに戸惑《とまど》う。

「いいえ、これでゆっくり殿下の治療法を探すことができます」

「うん。私もゆっくり君に慣れてもらおうと思うよ」

(慣れるってなんだろう？)

マリアは匂いを嗅《か》ごうとすることかな……と考える。

幻獣の血が強く出て、竜に変化までしてしまう人だ。匂いに執着しても仕方ない。

マリアの中では、ちょっと心の中がくすぐられるような変な感覚はするものの、ハムスター達と同じ箱にレイヴァルトのことを分類していたのだが。

「もちろん、匂いのことじゃないからね？」

「え？」

見上げたその時のレイヴァルトの表情は、たぶんマリアが今まで見た中で、一番嬉《うれ》しそうに見えた。

「きちんと告白しただろう？　だから、いい答えがもらえるように努力するよ」

「え、あ……」

あれは、やっぱり告白だった⁉

目を見開くマリアに、レイヴァルトは笑う。

「君が離れないように、しばらくはこの体質は治らなくてもいいな。その間に、君も私を好きになってほしいな」

そこまで言った時、レイヴァルトの顔が近づく。

額《ひたい》にふれる柔らかな感触に、マリアは自分が溶かされるような気持ちになる。

「大好きだよ」

もう一度の告白に、マリアはどう言っていいかわからなくなる。

でも心の中でひっそりと思った。

(たぶん、私ももう、あなたのことが好き……だと思うんです)

自分を犠牲にしても、人を癒《いや》そうとするところも、幻獣に避けられて悲しそうにしている姿も。

マリアの気持ちを、どこまでも尊重しようとしてくれるところも。

でもまだ、恥ずかしくて言えない。

だからマリアは、黙ってうつむいたものの……その顔の熱は隠せなかったようだ。

「顔、赤くなってるよ」

レイヴァルトはそう言って、楽しそうに笑ったのだった。

# あとがき

この度は『まがいもの令嬢から愛され薬師になりました』をお手に取っていただき、ありがとうございます！

数ある作品の中から、この本を選んでくださって本当に感謝いたします。

先月も『皇帝つき女官』を発売したばかりですが、今月は新作をお届けいたしました！

あらすじにもある通り、偽って貴族の養女になっていた主人公が、婚約話が持ち上がって、秘密を守るために逃亡し、薬師として生きて行こうとする話です。

薬を作るのは息をするのと同じ、という主人公マリアは、突然拉致されます。

一応コメディ要素を強くしようと思って書いた作品ですので、拉致相手は人ではありません。ハムスター！

ハムスターは幻獣なんです。

ちなみにハムスターをメインにしたのは、ネズミ年だからです！（安易な発想……しかし前回も犬年だから！　と犬を出したりもしたので、私としては平常運転です）

あとハムスターとても可愛いですよね。ネットで画像を見ていると癒されます。主人公のように、頬ずりされたり、もふっと抱き着かれる様子を想像していただいて、少しでも癒されていただければ幸いです。

もちろん恋愛についても、本当はマリアを頬ずりしたいのを我慢している王子様、その王子様とマリアへ抱き着く権利を奪い合う（？）騎士という形でご用意させていただきました。お気に召していただければいいのですが……。

さて今回も、担当編集様には大変お世話になりました。ギリギリまであちこち改稿させていただき、ありがとうございます。

イラストを担当してくださった笹原亜美様にも感謝を。レイヴァルトが想像以上にカッコいい王子様で大変満足です！　マリアの黒ドレス姿もとっても素敵でした！　あともっとハムスターを描いてもらえる場所を挿絵に選べばよかった！　と後から悔やみました……。表紙も挿絵もハムスターがみんな可愛いです。

さらにこの本を出版するにあたりご尽力頂きました編集部様や校正様、印刷所の方々、世情がこのような中、ありがとうございます。

そして何よりも、この本をお手にとって下さった皆様に感謝申し上げます。少しでも、読んでいただいたことで楽しい気分になっていただけたら嬉しいです。

佐槻奏多

IRIS
ICHIJINSHA

# まがいもの令嬢《れいじょう》から愛《あい》され薬師《くすし》になりました

2020年７月１日　初版発行
2020年７月22日　第２刷発行

著　者■佐槻奏多

発行者■野内雅宏

発行所■株式会社一迅社
〒160-0022
東京都新宿区新宿3-1-13
京王新宿追分ビル5F
電話03-5312-7432（編集）
電話03-5312-6150（販売）

発売元：株式会社講談社
（講談社・一迅社）

印刷所・製本■大日本印刷株式会社

ＤＴＰ■株式会社三協美術

装　幀■今村奈緒美



ISBN978-4-7580-9279-1


●この作品はフィクションです。実際の人物・団体・事件などには関係ありません。

この本を読んでのご意見
ご感想などをお寄せください。

**おたよりの宛て先**

〒160-0022
東京都新宿区新宿3-1-13
京王新宿追分ビル5F
株式会社一迅社　ノベル編集部
佐槻奏多《さつきかなた》 先生・笹原亜美《ささはらあみ》 先生

竜達の接待と恋人役、お引き受けいたします！

## 『竜騎士のお気に入り 侍女はただいま兼務中』

「私を、助けてくれないか？」
16 歳の誕生日を機に、城外で働くことを決めた王城の侍女見習いメリッサ。それは後々、正式な王城の侍女になって、憧れの竜騎士隊長ヒューバードと大好きな竜達の傍で働くためだった。ところが突然、隊長が退役すると知ってしまって⁉　目標を失ったメリッサは困惑していたけれど、ある日、隊長から意外なお願いをされて――。堅物騎士と竜好き侍女のラブファンタジー。

著者・織川あさぎ
イラスト：伊藤明十

IRIS 一迅社文庫アイリス

お掃除女中を王太子の婚約者にするなんて、本気なの⁉

# 『にわか令嬢は王太子殿下の雇われ婚約者』

著者・香月 航

イラスト：ねぎしきょうこ

行儀見習いとして王宮へあがったのに、気づけばお掃除女中になっていた貧乏伯爵家の令嬢リネット。彼女は、女を寄せ付けないと評判の王太子殿下アイザックが通りがかった朝も、いつものように掃除をしていたのだけれど……。彼が落とした書類を届けたことで、大変なことに巻き込まれてしまって⁉　殿下に近付く女性はもれなく倒れちゃうって、どういうことですか！　ワケあり王太子殿下と貧乏令嬢の王宮ラブコメディ⁉